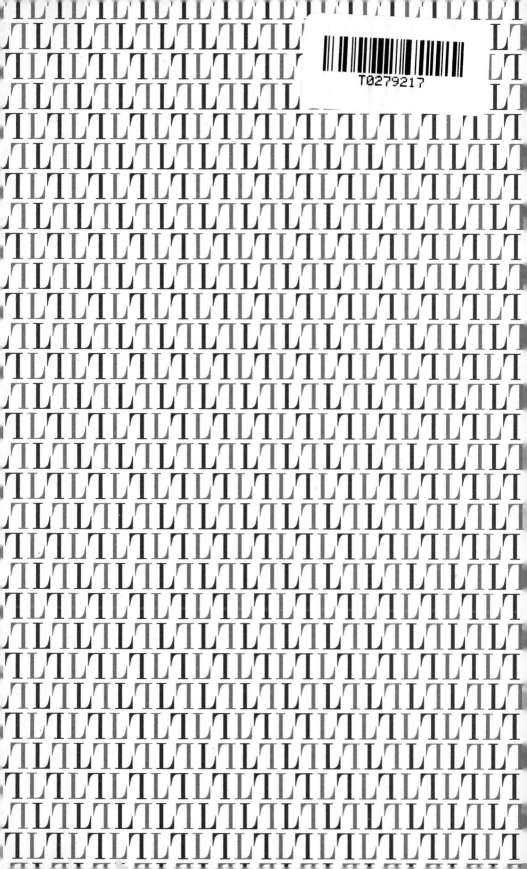

T0279217

La trilogía de París

La trilogía de París

Diecisiete años
Dos pequeñas burguesas
La ternura del crol

Colombe Schneck

Traducción del francés de
Mercedes Corral

Lumen

narrativa

Papel certificado por el Forest Stewardship Council®

Penguin
Random House
Grupo Editorial

Títulos originales: *Dix-sept ans, Deux petites bourgeoises,*
La Tendresse du crawl

Primera edición: enero de 2024

Printed in Spain — Impreso en España

ISBN: 978-84-264-2882-0
Depósito legal: B-19425-2023

Compuesto en M. I. Maquetación, S. L.
Impreso en EGEDSA (Sabadell, Barcelona)

H 4 2 8 8 2 0

Prólogo

Mi infancia fue utópica. Yo no era una niña, no tenía cuerpo de niña, era simplemente yo, Colombe: irascible, voluntariosa, testaruda, violenta, brutal, franca, torpe, ladrona, mentirosa, maltratadora de mis muñecas y narradora de historias sobre ellas, mala estudiante, a menos que la asignatura me intrigara. Bailaba y me imaginaba a mí misma como una primera bailarina, montaba a caballo y me veía como una campeona ecuestre, corría lo más rápidamente posible, esquiaba a toda velocidad, me mareaba y no podía trepar por la cuerda de la clase de gimnasia. Me pasaba el día leyendo, me gustaban los cuentos de hadas, la querida y malvada Escarlata O'Hara, y los cómics protagonizados por el piloto de carreras Michel Vaillant y Raham, el hombre prehistórico. Llevaba vestidos con estampados Liberty y monos vaqueros. Quería saberlo todo sobre el amor, estaba enamorada de mi profesor, quería conocer el sexo, pero no demasiado pronto, quería casarme y ser madre, pero no enseguida. Quería estar sola hasta encontrar mi sitio, hasta convertirme en quien yo era. Era una joven ambiciosa que deseaba conseguir los títulos académicos más prestigiosos, el derecho a elegir, a decidir. Pero mi cuerpo poco a poco fue traicionándome. Aquel pelo, aquellos pechos enormes. La menstruación. Decidí que no tenía nada que ver conmigo, dejaba que la sangre fluyera, que me manchara las bragas y la ropa.

Cuando tenía diecisiete años descubrí que estaba embarazada. No me lo podía creer. Estaba furiosa: mi cuerpo me había fallado. Eso no era lo que me habían enseñado, no me habían avisado. Había crecido en los años setenta y ochenta en París, en el entorno de la burguesía intelectual, donde no había diferencia entre niños y niñas, y de pronto tenía un cuerpo de chica, un útero. Estaba embarazada y enfadada. La sociedad me había mentido. Me había creído lo que me habían enseñado en el colegio, que el pronombre «él» era neutro, que yo también pertenecía a ese pronombre cuando lo masculino primaba sobre lo femenino y que todos estábamos incluidos en el grupo indeterminado de «él». No era verdad. Era falso. Yo era una chica, yo era «ella», era incluso menos y tenía que borrarme. Ese chico en su cuerpo masculino podía tener tanto sexo como quisiera, sin ningún peligro de quedarse embarazado, mientras que yo debía ir con cuidado. Mi padre me dijo (aunque siempre me había dado la impresión contraria, pues admiraba mi ambición, mi mal carácter y mi testarudez): «Eres una chica, has de tener cuidado con tu cuerpo, es frágil». Yo era una chica y acababa de descubrirlo con diecisiete años. Me sentía avergonzada: me encorvaba, escondía mis pechos demasiado grandes, mis curvas demasiado generosas. Me sentía avergonzada y frágil. Aborté, y he necesitado treinta y cinco años y la amonestación de Annie Ernaux para hablar de ello.

Mi cuerpo me había rebajado con su fragilidad, «estaba embarazada», con su falta de neutralidad, «estaba embarazada», con esa extraña respuesta física, «estaba embarazada», con su incapacidad para hacer lo que yo quería, «estaba embarazada», imponiéndome un estado del ser que no me interesaba en absoluto. Decidí prescindir de él, de ese cuerpo torpe y banal, y me dediqué totalmente a mi espíritu. Pero este también me falló. Por razones que en aquel momento no entendí, había recortado mis ambiciones y humillado mis deseos. Los había escondido y les había dado una forma distinta para que no asustaran a nadie, para que no ocuparan demasiado espacio. Sabía que no tenía que hablar demasiado, temía traicionarme, mantuve la cabeza baja, seguía a los otros, acepté mi lugar en el cuerpo que me había sido dado. Me convertí en madre y me pareció natural sacrificarme por otros, no me quedaba elección. De esta manera acepté que mi cuerpo era femenino.

Acepté mi identidad de género, según la cual yo estaba llamada a tener hijos, a cocinar y a limpiar la casa. Tuve a mis hijos y disfruté mucho con ellos. Me gustaba ser madre. Por fin me volví amable y cariñosa. Bien estaba, todos los demás parecían contentos. A veces podía ser brusca, toleraba las críticas, quizá no fuera tan dulce ni tan amable después de todo. No encajaba por completo en el modelo de ese cuerpo femenino.

Todavía acariciaba algunas vagas esperanzas para mí misma. Tenía cosas que decir, empecé a escribir libros, me divorcié, estaba sola, tuve que ganar dinero, tuve que criar a mis hijos, necesité lo que me quedaba de mi antigua testarudez para hacerlo. Levanté la cabeza, dije lo que tenía que decir y escuché como respuesta: eres una ególatra, eres una arrogante, ¿quién te crees que eres? Mis relaciones con los hombres no funcionaban, no era una buena esposa, no era una buena novia, pero descubrí que era una buena amiga, que me desenvolvía bien en ese tipo de relaciones más abiertas y libres, en las que los roles eran indefinidos y sin género.

Después, a los cincuenta años, cuando recibí clases de natación, me di cuenta por fin de que mi cuerpo no era tan torpe como yo había creído. Mis movimientos físicos habían sido hasta entonces pequeños, nerviosos, tensos. Nadando aprendí a hacerlos más amplios, a desarrollar la fuerza, a usarla en las dosis adecuadas. Mis movimientos mejoraron, se hicieron más fluidos. Vi cuerpos masculinos nadando junto a mí y los adelanté. Estaba encantada, se me redujeron los pechos y el útero dejó de funcionarme. Mi cuerpo, al enseñarme quién era yo, me permitió ser por completo yo misma: no una mujer, sino un ser vivo al que le gusta maquillarse, llevar vestidos y tacones altos, cocinar, no hacer nada, estar enamorada, pasar el tiempo con los amigos y conversar, sobre todo con personas con las que no estoy de acuerdo.

Creía que era una mujer, algo dulce y encantador que se rinde ante las dificultades. Escribir estos tres libros me ha transformado. Tengo la espalda más fuerte, dos manos para pegar, ay del que se meta conmigo. Puedo ser arrogante, me da igual. Soy importante, como lo son estas tres novelas.

Diecisiete años, Dos pequeñas burguesas y *La ternura del crol* narran mi aprendizaje corporal: este es mi cuerpo vivo, este es mi espíritu vivo, el de una persona única en constante movimiento llamada Colombe Schneck.

Diecisiete años

Para Annie Ernaux

En tus carpetas del liceo
están tus sueños y tus secretos,
todas esas palabras que nunca dices…

Yves Simon, *Diabolo menthe*

Ni mi familia ni mis mejores amigos saben lo que me ocurrió en la primavera de 1984. Vergüenza, malestar, tristeza… Nunca he contado cómo, por accidente, entré en el mundo de los adultos.

El año pasado, en una entrevista concedida al diario *L'Humanité*, Annie Ernaux recordaba que «una inmensa soledad rodea a las mujeres que abortan».

Ella misma vivió esa soledad en 1964. Tenía veintitrés años. En aquella época, abortar era un crimen castigado por la ley. Dijo haber buscado en las bibliotecas obras en las que la protagonista quisiera abortar. Esperaba descubrir una voz amiga en la literatura, pero fue en vano. En las novelas, la protagonista estaba embarazada y luego dejaba de estarlo, el paso de un estado al otro permanecía siempre elíptico. La ficha «Aborto» de la biblioteca solo enumeraba revistas científicas o jurídicas, que abordaban el tema desde la perspectiva de la criminalidad.

Se había sentido todavía más rechazada en su soledad, devuelta a su condición social. En esa época, el aborto clandestino, su brutalidad física y moral, solo aparecía en los chismorreos de barrio.

Hoy en día, el aborto está contemplado en la ley, pero permanece al margen de la literatura.

Cuando, en 2000, Annie Ernaux publica *El aconteci-miento*, el relato de un aborto clandestino antes de la ley Veil, el libro tiene escasa repercusión. Es una historia que incomoda. Un periodista le espeta: «Su libro me produce náuseas».

El aborto no es un bonito tema literario.

Es una lucha entre la vida y la muerte, la humillación, el oprobio y el cargo de conciencia.

No, no es un tema bonito.

He oído hablar a Annie Ernaux del silencio, de la vergüenza, de que a pesar de que «las mujeres no tienen nada ganado», «las chicas no se movilizan lo suficiente».

Cuando las legislaciones sobre la interrupción voluntaria del embarazo se ponen en tela de juicio en Europa, cuando se sigue hablando de banalización del aborto, cuando se inventa incluso la noción de «aborto por comodidad», debo contar lo que significó y sigue significando para mí ese «acontecimiento».

No fue ni banal ni cómodo.

No tengo elección, es necesario que cuente lo que me ocurrió en aquella primavera de 1984.

Tengo diecisiete años y tengo un amante. No estoy enamorada, pero tengo un amante. Atravieso el boulevard
Saint-Michel canturreando, tengo diecisiete años y tengo
un amante, estoy muy contenta. No soy como mi madre,
no soy su soledad. Soy yo, una chica que se acuesta con
un chico sin estar enamorada. Tengo diecisiete años y
tengo un amante. No un novio, no un enamorado, no
una relación de adolescente, sino un amante, una relación de mujer.

Soy una chica libre.

Estamos en 1984, la izquierda se encuentra en el poder. La pena de muerte ha sido abolida, la Fiesta de la Música, inventada, el CD, lo juro, es irrompible. El primer ministro tiene treinta y ocho años, el sida es para mí una enfermedad amenazante y a la vez lejana, la revolución feminista está casi consumada. En la televisión, se ve y se escucha *Apostrophes, Droit de réponse* y el cineclub de Claude-Jean Philippe. En fin, todos somos inteligentes y modernos.

Hoy, ese mundo en el que yo vivía y que creía indestructible ya no existe. Comodidad, padres, apoyo, optimismo, fe en el poder y en las mujeres y los hombres que lo encarnan, todo eso ha desaparecido.

Mi amante es un chico de mi clase. Se llama Vincent, es nuevo, procede de la orilla derecha. Es un tipo alto y atractivo con gafas de carey. Tiene un escúter. No estoy enamorada de él, pero me gusta.

Lo he elegido. En esos tiempos yo llevo la voz cantante. Yo elijo, yo decido, yo prefiero. Todo es tan fácil. No pido permiso a mis padres para ir a dormir a su casa, a pasar con él el fin de semana.

No tengo miedo, he leído muchas escenas eróticas en la literatura, estoy ansiosa por descubrir esos gestos y esas sensaciones que me fascinan en el papel. ¿Será tan inquietante, luminoso y excitante como en los libros? He leído y releído *Emmanuelle*. «Se resistió, pero solo para saborear mejor, gradualmente, las delicias del abandono. [...] La mano del hombre no se movía. Por su simple peso, ejercía una presión sobre el clítoris. [...] Emmanuelle experimentó una extraña euforia sobre los brazos, sobre el vientre desnudo, la garganta. Una embriaguez desconocida la embargaba». ¿Sería tan estupendo?

Nosotros no teníamos tanta experiencia del cuerpo del otro, no estábamos tumbados en unas butacas de primera clase en un vuelo París-Bangkok, prácticamente a la vista de la azafata. Yo no llevaba medias de nailon ni ropa interior de seda, la mano no era la de un desconocido, sino la de un compañero de clase, estábamos en la cama estrecha de un chico de diecisiete años, en una habitación que conservaba las huellas de la infancia, un mapamundi, un póster de Snoopy y una manta escocesa; yo no deseaba nada más y él tampoco.

No le digo que él es el primero, no quiero que no se atreva, que sea prudente, que crea que soy torpe, púdica. Es solo el primero de una lista que espero que sea larga. Me invento una relación con un hombre de más edad, él es el desconocido del avión, un americano que habla muy poco francés.

Aprendemos enseguida a tocarnos como en el Licorne París-Bangkok. Solo falta el olor a cuero. Estamos dispuestos a recomenzar una y otra vez, sin jamás cansarnos. Su piel es suave, su piel es dura. Es estupendo.

Estoy feliz, me he liberado de mi virginidad, he vivido como en una novela, me siento todavía más libre. Es solo el principio. Estoy dispuesta a besar al mundo entero.

Y al día siguiente, la primera mañana, la madre de Vincent ha preparado un desayuno para la nueva amiga de su hijo y para él.

Estamos en esta parte del mundo donde un chico y una chica se acuestan juntos bajo la benevolente mirada de sus padres.

Esa primavera, un viernes por la noche, estoy sentada entre mis padres en el sofá del salón. Charlamos, y de pronto les pregunto:

—¿No tendréis algún amigo ginecólogo?

Los dos son médicos, de izquierdas, viven en la orilla izquierda, son abiertos, encantadores, cultivados. La pregunta les resulta completamente natural. Están felices de que su hija les consulte de esa forma. Se toman la conversación muy en serio. ¿A quién confiarán el cuerpo, la sexualidad de su hija, sus pechos, su sexo?

Acomodados en el ancho sofá de cuero, en un salón circular claro, amplio y cálido, reflexionan.

Mi madre tiene debilidad por los ginecólogos tunecinos. Su ginecólogo es el doctor Bouccara, de nombre Lulu, que es también amigo suyo. Así funcionan las cosas en los años ochenta en París, en la orilla izquierda.

Está convencida de que los mejores ginecólogos son tunecinos. Y eso no es todo: la mayoría de ellos tienen los ojos azules. Para ella eso es una señal, una prueba de su competencia profesional.

Yo no estoy de acuerdo. No acepto a Lulu, al doctor Bouccara, quien me ayudó a nacer y viene a cenar a casa.

—No pienso quedarme en bolas delante de Lulu, ¿estáis chalados o qué?

A mi padre se le ocurre otra idea. Me sugiere que pida cita con el doctor L., también tunecino, para complacer a mi madre. Él lo conoce, es un médico serio y amable, pasa consulta en la rue de l'Université.

Me parece bien, pido cita. Acudo sola. En cualquier caso, no tendré que pagar. Mis padres son médicos y yo he crecido con la norma implícita según la cual los médicos no se dejan pagar entre ellos. Para mí, esta gratuidad incluye otras muchas cosas, basta casi con quererla, con hacer uso de ella. Soy una ignorante.

Durante el primer reconocimiento, no recuerdo haber sentido miedo ni dolor. Confío, estoy segura de que todo es para bien, de que no hay nada que no tenga solución.

Amigable y atento, el doctor L. se toma su tiempo conmigo. En una hoja de papel traza con rotulador algunos dibujos, me explica que puedo quedarme embarazada fácilmente. Por el momento, hasta que la píldora sea eficaz, mi amigo y yo debemos tener mucho cuidado. Y sobre todo he de acordarme de tomarla todos los días.

Tengo la impresión de estar en clase de ciencias naturales, me aburro un poco, dejo de escucharle. Es muy simple, quiero tomar la píldora y necesito una receta. Me voy ligera. Todo es tan fácil.

Preparo el *baccalauréat*, llevo una camiseta de agnès b. de rayas azul claro y beis, me acuesto con un chico y tomo la píldora. No estoy preocupada.

¿Alguna vez en la historia las jóvenes de diecisiete años han sido tan libres como yo?

Puedo leer libros prohibidos desde que sé leer. Mis padres siempre se dan cuenta demasiado tarde.

Tengo las ideas muy claras sobre lo que me gusta y lo que no me gusta.

Estoy en contra de los editoriales de Patrice de Plunkett en *Le Figaro Magazine* y de las chicas demasiado maquilladas y que se tiñen el pelo. Estoy a favor de que no me impongan ninguna norma, ningún gusto.

Después de los dos volúmenes de *Emmanuelle*, leo con la misma avidez *Historia de O* y *La bicicleta azul*, prosigo con la revista *15 Ans*, que enseña a las chicas a besar a los chicos, y los artículos de Henri Tincq en *Le Monde* sobre la actualidad de las religiones.

Soy despreocupada. La primera semana me acuerdo de tomar la píldora todas las noches. Luego, a veces se me olvida. Ya no me hace tanta gracia tomarla, ya no es una novedad, sino una cosa de mayores, solo una imposición. Tengo problemas con las imposiciones.

Descubro *En busca del tiempo perdido* y ya nada tiene importancia. Nada salvo el sexo, por supuesto. Vincent y yo exploramos el cuerpo del uno, el cuerpo del otro, el lóbulo de la oreja, el puente de la nariz, el tobillo, la piel suavísima de detrás de las rodillas… Subir a lo largo del muslo, el pliegue de los glúteos, esperar, suplicar.

El mes de junio se acerca, debo examinarme del *bacca-laureát*.

En mi liceo, el porcentaje de éxito es del noventa y nueve por ciento. El examen es casi una formalidad. A lo largo de todo el año, los profesores han fomentado el diálogo, la imaginación y la creatividad de los alumnos. Mayo del 68 no está lejos. ¿Habría que suprimir ese examen reaccionario? ¿Y las notas? ¿Las menciones? ¿Los controles? ¿Tiene algún sentido todo esto? El equipo de profesores trata de infundirnos confianza, quiere que aprendamos a «servirnos de nuestras virtudes y de nuestros defectos». Nuestros profesores son de izquierdas. Ellos también se visten en agnès b.

Les resulta práctico, hay una tienda justo enfrente del colegio.

El colegio es el Alsaciano, un colegio experimental, laico, centenario y todavía moderno. Lo dirige Georges Hacquard, pedagogo y latinista, afable y generoso. Nos conoce a todos por nuestros nombres de pila, nuestras historias, nuestras virtudes y nuestros defectos. Sí, se nos permite tener defectos. Yo no atiendo en clase, no hago los deberes, no pasa nada. No tengo que enfrentarme a ninguna autoridad, no hay nada a lo que enfrentarse, ni al colegio ni a los padres. Nadie nos dice que obedezcamos, que nos sometamos a las normas, salvo a las de la convivencia y el respeto al otro. Debemos encontrar nuestro espacio, ejercer nuestra libertad, perseverar en nuestra voluntad, ser curiosos. Nuestros padres y nuestros profesores han luchado por ello. Somos los hijos de una nueva era.

Mi padre se ha creado una vida familiar que le viene bien. Vive en el quai de la Tournelle, en la planta baja de un palacete del siglo XVII, donde recibe a amigos y amantes. Está a favor de la vida, del amor libre, y en contra de la pareja, el aburrimiento y las rutinas. Durante el fin de semana se reúne con su mujer y sus hijos en la rue du Val-de-Grâce. Le recrimino: «Quieres nadar y guardar la ropa».

Pienso para mis adentros que hace bien. Me gustaría tanto que mi madre saliera de su habitación, que ya no huyera más de la vida.

De vez en cuando mi padre me deja su piso. Me gusta estar allí, me instalo, preparo el *baccalauréat*, leo... También puedo recibir a Vincent.

Veo los periódicos apilados en la mesa del salón. Un día, un número especial de los *Dossiers et Documents* de *Le Monde* sobre la crisis económica. Otro, un número de *Libé* que data del invierno. El editorial del director, Serge July, se titula: «¡Viva la crisis!». Me intriga, me preocupa. ¿La crisis? ¿Qué crisis?

Sin embargo, es cierto. En el barrio hemos visto aparecer a los llamados «nuevos pobres». Al lado del colegio, una señora teñida de rubio y con las raíces muy a la vista me pide dinero. No hace mucho, iba al peluquero a teñirse o se compraba el tinte en el supermercado. Pensaba en ponerse guapa, rubia, tenía tiempo para ella. Esa época ya pasó.

Vislumbro que mi mundo puede resquebrajarse.

Mi padre me ha dejado sola durante el fin de semana. Se ha ido a caminar a Megève. Mi novio acaba de marcharse, ha vuelto a casa de sus padres. Me preparo la cena. Una tostada con tarama y todo lo que me gusta.

En casa de mi padre no hay un dormitorio especial para mí. Me acuesto en un banco corrido recubierto con un tapete de lana blanca y unos cojines marroquíes.

Esa noche, me tumbo y lloro. Es un llanto que me resulta nuevo. Yo, que creía que era la chica más feliz del mundo, sentada entre mis padres en un gran sofá de cuero confortable y tibio, tropiezo con algo duro, con algo que desconozco.

Es un llanto nuevo. Soy la única responsable.

Lloro porque estoy segura de que estoy embarazada. Y estoy sola.

Ha sucedido de repente y ahora me encuentro expulsada de «mi mundo». Entro en un mundo diferente, en un mundo constreñido donde ya no hay deberes que hacer, películas que ver, amigas a las que invitar o evitar, sino vida o muerte, mi vida, mi futuro, mi libertad, lo que ocurre en mi cuerpo, que puede ser vida o nada, y de lo que yo soy responsable.

¿Cuántas semanas llevo mirando mis bragas esperando ver sangre? ¿Un mes, dos meses?, ¿abril, mayo? No consigo calcularlo, acordarme.

¡No es posible, no puede haberme pasado a mí! No fumo, no bebo, no me gusta salir hasta tarde. Me gusta leer. Me gusta acostarme con Vincent. En ello pienso durante las clases y nos pasamos los fines de semana enteros en su estrecha cama, enfrente del póster de Snoopy. Solo pienso en eso, en el placer, tan lejos de la vida de mi madre.

Creo que no conozco la angustia. La angustia, los tormentos, era algo muy anterior a que yo naciera, algo de hace mucho tiempo, de cuando la guerra. Todo eso, así lo creo por entonces, ya pasó.

Admiro a mi madre, que me cuenta que trabajó hasta el momento de mi nacimiento y que se reincorporó a sus actividades a los quince días. Sus pacientes se quedaban estupefactos cuando les confiaba que había dado a luz unas semanas antes. Ni siquiera se habían percatado de que estaba embarazada.

Mi madre trata a niños con discapacidad. Nos enseña a no hacer diferencia entre los niños a los que atiende y nosotros, sus hijos. Tiene razones para estar tanto tiempo ausente. Ellos la necesitan mucho más que nosotros.

Mi madre es feminista, como lo fue la suya antes que ella. Lucharon para estudiar, para trabajar. Para mí, ser feminista no significa nada. No necesito serlo. ¿Qué sentido tendría? «Mi cuerpo me pertenece», «Una mujer sin hombre es como un pez sin bicicleta», «Un hijo si yo quiero y cuando quiera»… Todos estos eslóganes de los años setenta me parecen anticuados. Adquiridos. La lucha de mi madre es la de un mundo que ya no existe.

Espero, sigo sin acordarme de la fecha de mi última regla, fue hace tanto tiempo… Tengo miedo, tengo dudas. El miedo ocupa cada vez más espacio. Estoy segura de que estoy embarazada. Decido olvidarlo. No va conmigo estar embarazada, no elegir, no ser libre.

Estoy al acecho, busco rastros de sangre. Nada.

Lo que soy, una chica y no un chico, me atrapa.

Me han educado así: los chicos y las chicas estamos en igualdad. Yo soy tan libre como mi hermano, mi madre es tan libre como mi padre. Pienso que si no ejerce su libertad es por decisión propia. Falso. No es libre porque está encerrada en su pasado. Y yo no soy libre de hacer el amor. Estoy embarazada y no quiero estarlo.

Me examino del *baccalauréat* dentro de un mes. Estoy embarazada. Tengo miedo.

Me resigno a pedir una cita con el doctor L. Tengo un problema. Yo, que soy una chica sin problemas, debo confesar que tengo un problema, lo cual me incomoda. Me gustaría no tener que quejarme nunca, seguir siendo despreocupada. Pero eso se acabó.

El doctor me manda hacer unos análisis y al día siguiente me llama por teléfono. Me dice que vaya a verlo cuanto antes, que se las arreglará para recibirme.

Está apesadumbrado. «Es exactamente lo que yo no quería que pasara». Yo también lo estoy. Estoy embarazada y ni siquiera sé desde cuándo. Me pregunta, pero no tengo nada que decirle. No tengo ninguna explicación ni ninguna excusa. Parece molesto, como si fuera también un fallo de él.

—Tienes que decirme claramente lo que quieres.

En ese momento lo sé:

—Quiero un aborto inducido.

Con Vincent voy directamente al grano. No quiero compartir el miedo de lo que ocurre en mí, de lo que podría advenir, un hijo cuyo padre sería él. Estoy embarazada, es culpa mía. Se lo digo para que esté informado, porque pasamos tiempo juntos, nos divertimos, exploramos lo que podemos hacer con nuestros cuerpos, y esta ha sido la consecuencia. No le digo que he llorado y que sigo llorando, que ahora finjo estar ahí, con él, en nuestros juegos de adolescentes, cuando en realidad he entrado a formar parte de un mundo más pesado.

No tengo ninguna duda. No puede haber vacilaciones. No va a haber ningún hijo. Somos estudiantes, nos examinaremos del *baccalauréat*, nos matricularemos en la facultad, tendremos dieciocho años, nos iremos de vacaciones y, al volver, construiremos nuestra vida adulta.

Me escucha sin decir nada. ¿Y si lo tuviéramos? Ni siquiera le dejo que me lo pregunte.

Tenerlo sería renunciar. Quiero estudiar Ciencias Políticas, ser periodista de *Le Monde*, presentar las noticias de las ocho de la noche, dar mi opinión en la radio, leer libros prohibidos, casarme y tener hijos lo más tarde posible.

Solo deseo una cosa: seguir como antes, cuando no lloraba sola en mi cama, cuando mis únicos sufrimientos auténticos estaban relacionados con el silencio y la tristeza de mi madre, con su infancia durante la guerra, sola en un convento, el frío, el abandono. Yo no tenía más que las preocupaciones inofensivas de una adolescente, sus sueños de libertad y de ambición.

Por primera vez, hay algo pesado que restringe todo lo que veo.

Doy la noticia a mis padres con la misma desenvoltura con la que hace unos meses —tengo la impresión de que han pasado siglos desde entonces— les pedía consejo sobre los comienzos de mi vida sexual, sentada entre ellos en el cómodo sofá de cuero marrón del salón. Solo que esta vez la desenvoltura no es más que un maquillaje.

Mis padres no me juzgaron, no alzaron el tono, no me hicieron ningún reproche. No es una noticia que tuvieran ganas de oír, les gustaba que les contara mis logros académicos, mi trayectoria de niña que se construye para gustarles.

Aún me veo, cuando tenía ocho años, sentada en un sillón de cuero Camel diseñado por Marcel Breuer, delante del escritorio de mi padre, una sobria y gruesa superficie de vidrio. Puedo describir exactamente su mirada atónita cuando le explico que estoy escribiendo una biografía de Napoleón. Por supuesto, copio de un libro que cuenta la infancia del corso.

Y ahora, a los diecisiete años, aquí estoy, embarazada, como tantas otras chicas, como Annie Ernaux, hija de un pequeño comerciante de Yvetot, en 1964, como Marie-Claire, la adolescente de Bobigny, juzgada en 1972. Estoy atrapada en mi condición de chica, ya no soy la que se evade escribiendo la biografía de Napoleón, leyendo cinco veces seguidas, con once años, la autobiografía de Lauren Bacall, la actriz que vive en París, en el distrito VI.

Soy una chica normal.

Mi padre nos invita a almorzar, a Vincent y a mí, en La Closerie des Lilas. Almuerza tres veces por semana en este bar-restaurante situado en un lugar inmejorable, camino de mi colegio.

Mi padre es ese hombre que recibe, aconseja, ayuda, seduce, regala y hace reír.

Lleva jerséis de color rosa palo, pantalones de color óxido o caqui claro, camisas sin cuello hechas a medida en Arnys, huele muy bien, a *eau de toilette* de lavanda Pour un Homme de Caron. Es calvo, no muy alto, tiene bigote y lleva gafas redondas de metal.

Mi padre es muy generoso y querido. Dice a sus hijos: «Los padres se lo deben todo a sus hijos. Los hijos no les deben nada a ellos».

En La Closerie des Lilas, invita a almorzar a sus jóvenes colegas, les prodiga consejos y apoyo. Se entusiasma con los sueños ajenos, con los míos. Según él, soy capaz de todo: puedo ser bailarina, ministra, periodista, amazona, seductora y lectora.

Me conozco el menú de memoria. Champiñones con crema, bacalao escalfado a la inglesa y marquesa de chocolate. Le confieso mi última ambición. Desde que he oído a Nicole Lise Bernheim contar su vida de viajera en el programa *Apostrophes*, quiero ser corresponsal del diario *Le Monde* en Nueva York. Él lo aprueba.

Dice a menudo: «No se habla de temas enojosos».

Ese día no me queda más remedio. Hablamos del aborto. No hay ni lección de moral ni reproches. Simplemente nos dice que ese es el tipo de cosas que después hacen la vida más difícil. No lo escucho realmente, no quiero saber que se trata de algo grave. En mi vida de entonces los problemas desaparecen tan rápidamente como llegan.

Quiero convencerme de que basta con pintar de blanco esa primera fisura para que desaparezca.

No se lo cuento a mis amigos, aunque los conozco desde el jardín de infancia.

No lo hago por algo que tiene que ver con la vergüenza, con el hecho de haber sido tan tonta.

Me acusan de dejadez. Tienen razón. Las críticas más ásperas son las más justas.

En su discurso de noviembre de 1974 en la Asamblea Nacional, Simone Veil lo explica: a pesar de la anticoncepción, puede haber un accidente. Yo tenía la píldora, pero no la tomé de forma rigurosa, no fui con cuidado. ¿Puedo ponerme la excusa de un accidente?

Era tan dejada. Tenía un cuerpo de mujer, algo nuevo para mí, todavía no sabía que ese cuerpo limita gestos, movimientos, libertades, impone unas normas. No te pertenece por entero, puede convertirse en el de otro. Me sentí traicionada por él. Me privó de mi libertad.

Me examino del *baccalauréat* embarazada. Nadie lo sabe. Ni siquiera yo, creo que se me ha olvidado.

Tomo el tren de cercanías para ir al lugar del examen, en Arcueil. En el andén de la estación Port-Royal, observo a los otros jóvenes. Tienen mi edad, van a hacer el mismo examen, están tensos, algunos ríen nerviosamente, fuman, están inquietos. Yo, no.

Sin embargo, soy como ellos. Una adolescente que lee todo el tiempo, no fuma, no bebe alcohol, se acuesta temprano, come fruta y verdura, cocina pizzas y tartas de chocolate para sus amigos, lleva camisetas de agnès b. con un cárdigan a juego, una adolescente a la que no se le ocurre en qué puede rebelarse contra sus padres, que habría considerado injusto rebelarse, que no ha conocido la guerra. No quiero que mis padres se preocupen por mí, no quiero darles ningún problema ni quejarme, quiero seguir siendo limpia, perfecta, alegre.

Eso ya no es posible.

Mi padre nos acompaña a Vincent y a mí a la clínica, nos deja delante de la puerta. Nadie hace ningún comentario. Ni nosotros dos, ni las enfermeras, ni el anestesista, ni el doctor L. Nadie me hace reproches ni me mira con recelo.

No es una cuestión de moral.

Observo con atención a cada uno de ellos, no noto nada. Los médicos, las enfermeras, el anestesista, las auxiliares de enfermería, todos son neutros, atentos e indiferentes ante el propio objeto de la intervención. Lo que me ocurre es banal, un simple legrado, nada digno de mención. Estoy sola.

Tengo pocos recuerdos de ese día. Conozco la clínica, mi padre trabaja algunos días de la semana allí. Me preguntan si soy la hija del doctor Schneck. Respondo que sí. Creo que me quedo dormida. Me despierto en una habitación. Nadie me ha traído flores ni cajas de bombones, nada. No hay consuelo. Estoy aquí por mi culpa, porque no he ido con cuidado.

Solamente mi padre y mi madre saben dónde me encuentro.

No he sentido nada. Y sigo sin sentirlo. Un poco de cansancio, una punzada en el vientre. Nada grave.

Mi madre no acudió a la clínica. Nunca conversaremos sobre lo que ocurrió aquel día. Ni antes ni después.

Mi hermana y yo todavía nos reímos de la forma en que intentó hablarnos de la regla. Tenemos unos diez años, ella se asoma por la puerta de la cocina y nos interpela rápidamente:

—Chicas, ¿sabéis lo que es la regla?

Nos echamos a reír.

Por supuesto, nos lo han enseñado en el colegio.

Ella, aliviada, cierra la puerta. Nuestra educación sexual se limita a eso.

Treinta años después, en el Congreso Internacional de Novela de Lyon, Pierre Pachet, el hermano de mi madre, lee un pasaje de *Sans amour*, su último ensayo, en el que retrata a mujeres que renunciaron al amor. El pasaje habla de mi madre, cuyo nombre de pila, Hélène, aparece transformado en Irène.

Cuenta cómo en el invierno de 1943, a la edad de once años y medio, escondida en un convento, Irène descubre una mancha oscura en sus bragas. La sangre ha manado de entre sus piernas, no sabe lo que es. «Imaginé lo que había podido ser la preocupación de Irène, el dolor, el estupor ante esa mancha oscura. ¿Excrementos? No, debía de ser sangre (¿una herida interna, una enfermedad, la consecuencia de una culpa? ¿No era culpablemente precoz?)».

Está aterrorizada por tantas cosas, la muerte, la sangre, la falta de higiene, el frío. ¿A quién puede confesar su terror? Guarda para ella hasta su muerte ese estado de desamparo. Solo le cuenta la escena a una amiga íntima que, mucho más tarde, se lo contará a su hermano.

Y yo oigo el terror de una niña de once años y medio que cree que va a morir sola, escondida en ese convento, con esa sangre que no sabe de dónde procede. Todo se mezcla, la obligación absoluta de callar sobre su identidad, la angustia de no volver a ver nunca más a sus padres, y ahora el descubrimiento de su cuerpo.

«Algo del mundo se había roto, o de ella misma», sigue escribiendo mi tío.

Por la noche, en la clínica, mi padre está ahí. Me ayuda a levantarme. Regresamos a casa. A la de mi madre.

Su hija, una colegiala, acaba de abortar. ¿Qué me dice ella cuando regreso? Nada de lo que pueda acordarme. No me pregunta si todo ha ido bien. No es una pregunta que se haga después de un aborto. No me pregunta si estoy triste, aliviada, cansada, si he llorado. Ella no hace ese tipo de preguntas.

Como todas las noches, tomo un baño y me acuesto.

Al día siguiente, tengo fiebre. Me duele el vientre. Gimo, me quejo, no puedo ir a la fiesta de graduación, de fin de curso.

A mis amigos, a los de mi edad, a los que quiero, a los que les confío todo, no les digo nada. No me atrevo. No escribo «confesar», porque no he cometido ningún pecado del que tenga que confesarme, no, no quiero compartir mi tristeza. No lo entenderían, creo que son inocentes.

En aquel momento no dije nada, y más tarde tampoco, nunca lo hablaré con nadie. A veces, estoy a punto de decir la palabra, de compartir «el aborto» con alguna amiga cercana. Pero luego renuncio. ¿Por qué ese silencio? ¿Por qué ellas mismas, las mujeres, se callan?

Me avergüenzo.

¿Quizá haya algo sucio en el aborto? No recibí ningún reproche, ni de mis padres ni de Vincent, que hubiera podido acusarme de no ir con cuidado, de haberme olvidado de tomar la píldora y, sin embargo, arrastro una especie de mancha sobre mí, compuesta de sangre, de excrementos, de la tierra que se arroja encima de los ataúdes. Así que me callo.

Sí, una vez, cuando tengo treinta y dos años, hablo de esa mancha a una mujer que es diez años mayor que yo.

Se llama Claire Parnet. Es la mujer más inteligente, guapa e ingeniosa que he conocido. Estoy un poco enamorada de ella. Le confío dos secretos que nunca he compartido con nadie. A mi abuelo paterno lo cortaron en trozos y lo metieron en una maleta. Y yo aborté.

Mi padre me echa la bronca. La última vez que se enfadó conmigo fue cuando yo tenía seis años. El primer día de primero de primaria, por la noche, me enseña las letras A y B. Finjo no entender nada, no reconocerlas ni asociarlas. Le pongo a prueba. ¿Hasta dónde es capaz de quererme? ¿Es capaz de quererme, aunque sea una niña tonta?

Se enfada y me propina la única bofetada que me ha dado en su vida.

Cuántas veces, de niña, me dijo que lo sentía, que no entendía cómo había podido hacer algo así… Y yo me reía.

Mi padre me quiere de forma incondicional.

Hoy sé muy bien por qué me grita que debo dejar de quejarme.

No es porque yo quiera ir a esa fiesta y eso no sea razonable, es porque soy casi una adulta y actúo de forma inconsecuente. Me dio el nombre de un ginecólogo que me ha recetado la píldora, puedo ir a dormir a casa de mi novio, ¿he tenido siempre lo que he querido y me quejo? No lo dirá nunca, pero sé que él y mi madre, a mi edad, no poseían nada ni tenían derecho a nada, y menos aún al sexo.

Mi padre, a su manera dulce, generosa y tranquila, nos ha invitado a Vincent y a mí a tomar una copa en la terraza del café Le Bonaparte un atardecer de junio.

No le gusta hablar de temas incómodos, le cuesta, ha tenido que prepararse lo que va a decirnos. Quiere ayudarnos a crecer, a ser unos adultos responsables. Sabe que no le queda mucho tiempo de vida, que sufre del corazón, que es frágil, tuvo un primer aviso a los cuarenta y dos años. No estará siempre ahí para sacarme las castañas del fuego, para protegerme de lo que podríamos llamar mis descuidos, o mi dejadez. Nos dice que no tenemos que hacer como él, que debemos cuidar de nosotros mismos, que abortar no es ningún pecado, pero que, como cualquier accidente, es algo que hemos de evitar en nuestras vidas, algo que no es bueno para nosotros.

No acabo de creerle. Estoy convencida de que para mí ha sido fácil, pero que fue difícil, violento, para las activistas de los años setenta, para Simone Veil, que defendió el proyecto de ley sobre la interrupción voluntaria del embarazo.

Conozco la ley Veil, es reciente, de hace diez años exactamente. Recuerdo los debates, las injurias, las acusaciones. Simone Veil quería provocar una nueva noche de San Bartolomé, volver a la barbarie, el aborto era comparado con el genocidio judío...

Recuerdo la indignación de mis padres al oír a un diputado insultar a Simone Veil desde el estrado de la Asamblea. Después me enteré de que se llamaba Albert Liogier y que al día siguiente se disculpó.

Recuerdo la foto de Simone Veil ocultando su rostro entre las manos y algunos comentarios emocionados ante esa mujer que lloraba.

Veil lo aclararía más tarde en una entrevista, no lloraba, estaba cansada, eran las tres de la mañana, llevaba dos días luchando, no había dormido. No era una mujer frágil que rompía a llorar. Era una luchadora.

Le estoy agradecida por haber resistido. Me siento incómoda, molesta, porque he escapado a la angustia de la que ella hablaba diez años antes en la Asamblea. Para ella, el aborto debía seguir siendo una excepción, el último recurso en una situación sin salida.

Yo no estoy en una situación sin salida. Habría tenido un hijo de un chico al que no quería, mis padres me habrían ayudado, sus padres también.

En 2014, la noción de «angustia», mencionada en la ley originaria, fue suprimida. François Fillon se indignó, pues veía en ello un riesgo de banalización del aborto.

En aquel momento pensé: François Fillon, ese cuerpo, el mío, el de otras mujeres, no es el tuyo. Lo que ocurre en el interior de ese cuerpo no te concierne. No tienes ningún derecho moral, ningún derecho a juzgar.

Simone Veil dijo: «El aborto es un drama y seguirá siéndolo siempre».

La creo ingenuamente, pero no es mi caso. Creo que se ha acabado, que no pensaré más en ello. Sí, debo de estar dentro de la casilla del aborto por «conveniencia», tan denostado durante los debates sobre la ley. Un aborto banal, fácil, realizado y olvidado al momento. Mi madre no dice nada a su hija de diecisiete años que ha abortado. Lo que acaba de pasar no tiene seguramente ninguna importancia. Lo oculto bajo el mismo silencio.

Cuarenta años después, una mujer se confía a mí. Abortó a los diecisiete años de forma clandestina; fue en 1966, el año en que yo nací.

De pronto soy esa mujer, soy esa niña. Y eso me desgarra el vientre.

En 1984, voy a cumplir los dieciocho y todavía no sé que, pasados treinta años, seré como esa mujer.

Tengo dieciocho años, acabo de abortar, ni siquiera sé de cuántas semanas estaba embarazada. ¿Me hizo el médico una ecografía para determinarlo? Seguro, pero no lo recuerdo.

¿Superé el límite de las diez semanas en que los riesgos psicológicos y físicos aumentan? Puede ser. No lo sé.

Yo era menor, ¿tuve que obtener una autorización de mis padres? No, seguramente no. Tenía la costumbre de hacer lo que quería desde hacía mucho tiempo, era libre de leer durante toda la noche, de dormir en casa de un chico. Nunca pedía permiso para nada.

¿Se me informó, como exige la ley, de los riesgos? No creo.

¿Se me impuso un plazo de reflexión de ocho días a fin de que madurase mi decisión? No, yo tenía otras preocupaciones, quería aprobar el *baccalauréat*.

¿Tuve derecho a una consulta en forma de lección de moral, al discurso de un médico en el que este me recalcara que no se trataba de un acto banal, sino de una decisión grave que no puede tomarse sin haber sopesado antes las consecuencias y que convenía evitar a toda costa?

Ese día de junio, en la terraza de Le Bonaparte, la luz era dorada y el aire olía a jazmín. Vincent y yo nos sentamos con prudencia enfrente de mi padre. Un cincuentón con camisa sin cuello y fular de seda india que se parece a Érik Orsenna habla en voz baja a dos adolescentes con vaqueros y camisetas a juego. En la mesa de al lado, seguramente no pueden imaginar que estamos teniendo una conversación muy seria.

El hombre le está diciendo a la chica, aunque esta realmente no le escucha, que es un asunto grave, que no creamos que vamos a salir indemnes de él.

La chica quiere pensar en otra cosa. Se imagina con otro chico, del que está secretamente enamorada, el hermano mayor de una compañera. Si hubiera sido de él, ¿se lo habría quedado? Se dice que sí, pero cinco minutos después piensa que no, que no quiere tener un hijo tan pronto, que tiene muchas cosas que hacer y que vivir antes de eso.

Me mantengo en esta idea, tengo suerte, mucha suerte. No he nacido diez años antes, no me llamo Marie-

Claire, mi madre no trabaja en Correos, no he sido procesada ante el Tribunal Penal por abortar de forma clandestina, no me arriesgo a que me condenen a entre seis meses y dos años de cárcel. Marie-Claire también tenía diecisiete años cuando abortó, en 1971. La había violado un chico de su edad, un tipo de su liceo, un joven delincuente. No se había atrevido a denunciarlo, era pobre. En 1971, el aborto significaba la cárcel para la gente pobre e Inglaterra para la gente rica.

Gracias a unas colegas, la madre de Marie-Claire encontró a una mujer que sabía poner una sonda. La mujer intenta hasta tres veces introducir el objeto en la vagina de Marie-Claire. Las tres veces fracasa, lo que le provoca a la joven una hemorragia grave. El chico que la ha violado es detenido por robar un vehículo. Para ser liberado, denuncia el embarazo y el aborto de Marie-Claire, que es detenida por la policía, lo mismo que su madre, la mujer que no ha logrado colocar la sonda y las colegas que las han puesto en contacto. Las cinco son inculpadas.

Su abogada, Gisèle Halimi, las previene: «Deberéis tener mucho coraje y determinación».

Marie-Claire es puesta en libertad, pues el juez considera que sufrió «coacciones de orden moral, social y familiar a las que no se pudo resistir». Su madre es condenada a una multa de quinientos francos.

Este proceso, su injusticia, su violencia, permitirá aprobar la ley Veil dos años después.

Me digo que tengo mucha suerte y, por una vez, es casi verdad.

Ese día, en Le Bonaparte, me parece haber olvidado la angustia de las semanas anteriores. Sin embargo, yo era esa chica que, sola en su cama, lloraba por la noche, porque lo que le estaba sucediendo no era la vida que ella quería.

En cuanto a Vincent, no dijo nada. En mi recuerdo, es amable y atento, le gustaría ayudarme. Pero ¿le pedí realmente su opinión? No. Él no tiene que dar ninguna opinión, soy yo la que ha tomado la decisión. Creo que no sabe lo que es eso, que no puede saberlo, que solo le afecta indirectamente. Por supuesto, él es el causante de la situación, pues tampoco se ha preocupado por utilizar algún método anticonceptivo, pero no lo culpo. Somos dos adolescentes. Tenemos otras cosas en la cabeza. Mi padre se equivoca, no puede ser grave.

Treinta años después vuelvo a ver a Vincent, el chico de aquella primavera de 1984. El Colegio Alsaciano ha organizado una fiesta por el aniversario de la graduación, para celebrar nuestra feliz escolarización. Está allí, entre mis amigos de la infancia y la adolescencia.

Conoció a mi madre y a mi padre cuando vivían, y a la joven inconsciente que yo era, otro mundo. Entre nosotros se halla ese ausente que hoy sería un adulto.

Hoy Vincent es un hombre, un padre de familia.

¿Piensa en aquella primavera de 1984, en aquel invierno de 1985 en el que habría podido ser padre? ¿Tiene algún cargo de conciencia o algún remordimiento? ¿Siente pena, vergüenza o tristeza? ¿Se lo ha contado a la madre de sus hijos?

Podría hacerle todas esas preguntas, pero no me acerco a él. Me parece que no hay nada que nos una, ni siquiera ese ausente concebido hace veintinueve años.

Me recupero, estoy rabiosa por haberme perdido la fiesta de graduación, pienso ya en otra cosa. Vincent me invita a casa de su madre en Luberon.

Oigo hablar por primera vez de Luberon, mi padre está encantado, me cuenta que es un sitio muy chic.

En la estación de Lyon corremos, tememos perder el tren a Aviñón. Por primera vez, me cuesta seguir a Vincent, me quedo sin aliento. ¿Está empezando la «acumulación» de la que me ha hablado mi padre?

En el tren, Vincent me confiesa que, para él, esta historia tiene un lado positivo: nos ha acercado. Yo le respondo: «Sí, seguramente». Miento. No estoy de acuerdo. Se trata de mi cuerpo de chica joven.

A la vuelta de las vacaciones, lo dejo. Sigo pensando en el hermano de mi amiga. A él también lo dejaré un día.

Me digo que el aborto es agua pasada, que la historia ha terminado. He vuelto a mi mundo.

Un mundo donde soy libre de desear, de actuar por voluntad propia, de elegir, pero donde ahora sé que la caída no queda lejos. Tengo que prestar atención a mi cuerpo, a mí, a lo que me rodea, a los acontecimientos y a los posibles accidentes.

Sé que puedo ser expulsada de ese mundo educado y civilizado al que pertenezco. No se necesita mucho. Una mala radiografía, una extraña mancha en el corazón de mi padre, un mal encuentro... Durante esos años, Guy Georges hace estragos en los aparcamientos de París, mata a la prima de un amigo. La muerte, en la que no pensábamos, está ahí, muy cerca.

Al final de cada mes, sigo temiendo no tener la regla. Seguiré con ese temor durante años, durante ocho años, hasta el momento en el que, por fin, llegará un sentimiento nuevo. Ya no quiero más sangre, estoy dispuesta a tener un hijo.

¿Tiene el acontecimiento un final? ¿Ha terminado la historia?

Habrá otros chicos, la muerte de mi padre, la soledad, un matrimonio, la muerte de mi madre, dos hijos, la soledad de nuevo, otros hombres.

Pero, durante todo ese tiempo, pensaré en él, en el hijo que no tuve y que no tiene nombre.

En el invierno siguiente al *baccalauréat*, estoy enamorada, mis padres adoran a ese chico que estudia en una prestigiosa escuela, hijo de unos amigos suyos, perfecto. Vamos a esquiar.

Y de pronto, cuando la historia ha terminado, pienso en él. Tengo miedo de dar a luz, de sufrir, de que me desgarren en dos, sí, ahora habría nacido… Es un chico. Llora mucho, no sé qué es lo que tengo que hacer, soy torpe.

Más tarde, vuelvo a pensar en él. El ausente regresa. Tendría seis meses, un año. Sigo sin saber cómo actuar. He dejado a su padre. Tengo dieciocho años, estoy sola con el bebé y sigo viviendo en casa de mi madre. Es un niño triste al que su madre no sabe educar. No tiene paciencia, no se dedica a él por entero. Lo culpa de impedirle viajar, conocer gente nueva, leer de día y de noche, echarse la siesta y levantarse a las tantas, de haberle quitado su despreocupación, de ser dependiente, de llorar en cuanto ella se aleja.

Imagino esas escenas y después retomo mi vida de estudiante. Las escenas regresan. Me las quito de la cabeza, paso a otra cosa. Siempre vuelven.

Crece lejos de mí. No pienso a menudo en él. Y después, de vez en cuando, hace su aparición, lleno de reproches mudos.

No lo escucho. No quiero que me moleste, no tengo tiempo para él.

Me voy a vivir a Londres y después a Nueva York. Pienso en escribirle, pero no le doy ninguna noticia mía, no le envío ninguna carta ni lo llamo por teléfono. ¿Qué podría contarle? ¿Que es difícil, que estoy sola, que cada día es una lucha? No quiero decirle que la vida sin él es un fracaso. Que tal vez su presencia no me habría impedido vivir.

Mi padre ha muerto. Ya no estoy protegida de nada, ya no llevo la voz cantante. Vuelvo a París, conozco a otro chico, voy a hacerte una pregunta, me dice, si me das la respuesta correcta, recibirás un regalo. Tiene la fantasía y la generosidad de mi padre. Nos casamos. Mi marido quiere un hijo. No le cuento nada acerca de ti. Tampoco le cuento mi terror ante la idea de quedarme embarazada, de dar a luz, de pasarme las noches despierta alimentando a un bebé. Prefiero callarme. Sé que me quedo embarazada con mucha facilidad.

No tardo en quedarme embarazada. No quepo en mí de alegría. El terror que tenía contigo ha desaparecido. Estoy preparada.

Pero vuelves. Sin avisarme, llamas a mi puerta. No quiero oír. No me siento culpable, solo un poco triste.

Crecemos juntos. Pareces despegarte de mí. No te presentaré a tu hermanito. Un bebé perfecto que no llora casi nunca, ríe todo el tiempo y tiene los ojos azules. Mi madre, tu abuela, le llama «mi novio», mientras que para ti nunca tuvo ningún apodo. Nunca te mencionó, ni una sola vez. Para ella nunca exististe. Por otra parte, no tienes nombre de pila. Nunca te he buscado ninguno.

Me dirás, y tienes razón, que es demasiado tarde. Después de treinta años sin nombre de pila ya estás acostumbrado.

Tu abuela también ha muerto. Nadie te avisa. Imagino que estás triste por no haberla conocido, y triste por mí. Eres el único que ha adivinado mi angustia, mi soledad, el único que ve al valiente y sonriente soldadito que soy ocultando mal que bien sus fisuras. ¿Y tú eres un muerto más o un muerto menos? No, tú no eres un muerto más. Tú eres un ausente.

Me aferro a tu hermanito y a tu hermanita, que acaba de nacer.

Lo que voy a decirte es cruel. Perdona mi franqueza. Son los niños más encantadores y guapos del mundo.

Por ellos nunca me desviviré lo bastante, mi amor es ilimitado e incondicional. Por ellos me he levantado cada tres o cuatro horas por la noche, los he acunado, los he alimentado, me ha gustado cambiarles los pañales sucios, limpiarles sus adorables nalgas, los he vestido con ropa demasiado cara. Los he admirado y sigo admirándolos ahora que entran en la adolescencia. Tu hermanito conocía toda la mitología griega a los seis años, y sabe miles de cosas que yo desconozco. A tu hermanita la escondo, temo que me la roben. Me preocupo por ellos en cuanto se retrasan un segundo a la salida del colegio.

Por ti no he sentido miedo, preocupación ni admiración. Lo he guardado todo para ellos. Ni siquiera tengo ese sentimiento que durante mucho tiempo me ha sido tan familiar, no, no me siento culpable por haberte descuidado. Solo estoy triste cuando pienso en ti.

Te has contentado con las migajas que te daba una vez al año, en invierno. A las pocas semanas, ni siquiera sabía tu fecha de nacimiento. ¿Enero, febrero de 1985?

Te has sacrificado por ellos.

Lo he comprendido leyendo el relato de Annie Ernaux. En *El acontecimiento*, escribe: «Hoy sé que tenía que pasar por esa prueba y ese sacrificio para desear tener hijos».

Estoy convencida de que es un chico, un bebé de invierno, nacido hace treinta años, el que me ha permitido ser libre; ser sucesivamente, de acuerdo con mi elección, estudiante, viajera, amante, esposa, madre, lectora, turista, periodista y escritora.

Con estas breves palabras, estoy preparada finalmente para revelar tu ausencia.

Gracias a la ley, tu ausencia no es el resultado de horas crueles, de maltrato, de sangre, de miedo, de humillación y desprecio.

Aquello no fue «por gusto», cómodo, banal ni por conveniencia. Yo no estaba angustiada, ni lo viví como algo dramático, pero la primavera de 1984 fue, ahora lo sé, «una experiencia humana total, de la vida, y de la muerte, del tiempo, de la moral y de lo prohibido» (*El aconte-cimiento*).

Ya puedo escribir, tu ausencia me acompaña desde hace treinta años.

Tu ausencia me ha permitido ser la mujer libre que soy hoy.

Referencias bibliográficas

Annie Ernaux, *Les Armoires vides*, París, Gallimard, 1974. [*Los armarios vacíos*, trad. de Lydia Vázquez, Madrid, Cabaret Voltaire, 2022].

—, *L'Evénement*, París, Gallimard, 2000. [*El acontecimiento*, trad. de Mercedes y Berta Corral, Barcelona, Tusquets, 2001].

Simone Veil, *Les hommes aussi s'en souviennent. Une loi pour l'histoire*, seguido de una conversación con Annick Cojean, París, Stock, 2004.

Pierre Pachet, *Sans amour*, París, Denoël, 2011.

Dos pequeñas burguesas

En memoria de mi amiga Emmanuelle
(1966-2018)

Solo hay gente que desaparece y de la que no se vuelve a hablar. Quizá hablemos de ella más tarde, cuando hayamos olvidado que han muerto. La muerte se ha vuelto innombrable.

PHILIPPE ARIÈS,
Historia de la muerte en Occidente: desde la Edad Media hasta nuestros días

Uno de los mayores peligros en la vida es la familia en la que se nace.

EMMANUEL FARHI (1978-2020)

Agosto de 2018

Héloïse se ha quedado en París todo el verano, ya no recibe tratamiento.

Colombe vuelve de pasar quince días en Patmos, donde ha nadado, leído, llorado un poco por su vida amorosa y, en general, lo ha pasado muy bien. Héloïse tiene la costumbre de hablar claramente a su interlocutor, sin rodeos, mirándole directa a los ojos.

—Sé que no voy a salir de esta —le dice a Colombe, que no sabe qué responder—. Voy a morir —continúa Héloïse.

Colombe sigue sin saber qué decir.

—Me angustia mucho —añade Héloïse.

—Seguro que mejoras —balbucea Colombe, aunque sabe que no es verdad.

Viene el camarero, Héloïse dice que tiene hambre y que le gustaría tomar unas ostras. A Colombe se le ha quitado el apetito, miente de nuevo a Héloïse, ha tomado algo antes de acudir, por eso no tiene apetito, no por lo que ella acaba de decirle.

Héloïse pide. Está sonriente, es educada y eficaz, como si la muerte no cenara con ellas.

Se toma una copa de vino de Pouilly-Fuissé. Sabe distinguir un buen vino de otro con el que intentan dar el pego. Colombe, en cambio, puede confundirlos.

Héloïse tiene que hacer una confidencia a su amiga, le brilla la mirada.

Es sobre su exmarido. «¿Ah, sí?». «Sí». Han vuelto a hablar, pasan horas al teléfono. ¿No se ven? No, él no se atreve, pero hablan de música, de los hijos, de todo. Ella sigue queriéndolo, igual vuelven. Él nunca la visita, es cierto, está claro que le da miedo la enfermedad, pero ella no se lo toma a mal. Acaba de dejar a su última novia. Colombe asiente, quizá sí, quizá merezca la pena intentarlo.

Colombe recupera el apetito, se come las ostras de Héloïse y le pregunta:

—¿Qué tal tu novio, ese que siempre está ahí y no se contenta con llamar por teléfono, ese del que me has contado que te toma en sus brazos y te mira durante horas con una ternura como ningún hombre ha tenido nunca contigo?

Se enteró de que Héloïse estaba enferma cuando solo llevaban saliendo quince días: permaneció imperturbable, impresionado y valiente. Ahora se ha ido a rezar a Lourdes, aunque Héloïse habría preferido que se quedara con ella. El novio es creyente.

Colombe se oye a sí misma decir:

—Los milagros de Lourdes son una realidad. —Y se inventa la historia de una mujer que se curó de una enfermedad mortal en Lourdes.

Ambas comparan las cualidades del exmarido y del novio, sopesan los pros y los contras. Su novio actual es maravilloso, la anima Colombe. Héloïse está de acuerdo, su novio es maravilloso, lo sigue queriendo, es generoso, nunca ha flaqueado ante su enfermedad mortal.

Héloïse pide unos profiteroles de chocolate y se fija en un hombre que está sentado a otra mesa, un asiduo del café. Es escritor (el café Select, situado en el distrito VI, está, por supuesto, lleno de escritores). El escritor nunca ha mirado a Colombe, que también frecuenta ese café, y a ella le fastidia. Sí mira fijamente y con aire seductor a Héloïse, que se sonroja.

Ella se ríe, el desconocido le gusta, le sonríe.

Le pide a Colombe que le cuente todo lo que sabe sobre él.

Colombe busca información en su teléfono móvil.

Héloïse le pasa a Colombe su plato de profiteroles con chocolate, no lo ha tocado. Le duele el estómago. Quiere volver a casa.

Nada más llegar allí, llama a Colombe, que al ver su llamada se preocupa y piensa que tendría que haberla acompañado.

Pero Héloïse solo quiere hablar del tipo del café.

—Es realmente encantador, ¿cómo has dicho que se llama? ¿Escribe bien? ¿Crees que me gustarán sus libros?

Nunca he salido con ningún escritor. ¿Crees que le gustaré?

Colombe le asegura que sí, que parecía muy fascinado, pero no profundiza en lo que opina de él como posible novio para ella.

—Es fácil, va allí todas las tardes, podemos volver cuando quieras.

Héloïse no volvió a ver al escritor, murió quince días después.

Héloïse y Colombe se conocían desde que tenían once años. De lo que más hablaban cuando estaban juntas era del amor, más que de política, más que del calentamiento global, más que del futuro del mundo. No eran unas chicas enrolladas ni políticamente comprometidas, eran unas chicas en busca del amor.

1977

En lo que se refiere a los ricos y los burgueses, la gente da por hecho que no le gustan, les pasa como con los cerdos.

Burgués u obtuso, según un excelente diccionario de sinónimos, burgués o común, burgués o conformista, convencional, egoísta, formalista, grosero, pesado, mediocre, del montón, poco de fiar, inculto, mono de repetición, superficial; burgués igual a vulgar.

Los burgueses son desgraciados. La culpa es suya, se pasan la vida lloriqueando por sus problemas de ricos, sus depresiones, sus regímenes, las obras en su piso, el polvo, las criadas, las colas en los telesillas. ¿Y las burguesas? Invariablemente mezquinas, mal folladas, con la piel demasiado estirada, calzadas con unos zapatos de salón que les aprietan, agarradas a su bolso. ¿Y sus hijos, sobre todo sus hijas? No hay ninguna esperanza de que mejoren.

Colombe y Héloïse se conocen en sexto, son compañeras de clase en el Colegio Alsaciano, un colegio privado parisino, un colegio para burgueses liberales, los peores, los que tienen todas las ventajas y ninguna de sus normas, los que piensan que están en el lado correcto porque son de izquierdas, de ese modo no podrán acusarles de ser burgueses. Son despreciables.

Las dos son unas hijas de papá, unas niñas ricas, nacidas entre algodones, durante mucho tiempo no conocerán nada más, con sus gafas de sol, sus contactos, los cursos en el extranjero, las camisetas de agnès b, los mejores asientos en el tren. Que sufran como todo el mundo. Que las encierren. Que las humillen, que las degraden. Que sufran lo que todas las niñas, adolescentes y mujeres del mundo sufren, no hay razón para que, por haber nacido en buenos barrios, se libren de la suerte que les está reservada.

¿Por qué Héloïse y Colombe y no nosotros?

No hay más que mirar a sus madres, tienen cuarenta años, pero aparentan treinta. La piel lisa y masajeada con cremas de Guerlain delicadamente perfumadas, las uñas arregladas y el vientre sin estrías a pesar de los embarazos.

15

Su estatus de reinas en la vida de sus hijos. El beso que les conceden antes de salir a cenar. Solo hay que abrir sus armarios, donde en perchas de madera se suceden las blusas de seda ordenadas por colores y planchadas por otras mujeres que no tienen su suerte. Basta con ver cómo llenan sus frigoríficos: mousse de chocolate casera en tarros de cristal, sin asquerosos aditivos que producen cáncer, guisantes extrafinos que exigen que una persona pagada para ello los desgrane a mano, café en grano de un sabor incomparable que habrá que moler en una máquina adecuada unos minutos antes de servirlo.

No hay más que ver a Héloïse y Colombe leer en su habitación, que no comparten con nadie, con las paredes tapizadas con flores de Laura Ashley, los libros que no necesitarán devolver a la biblioteca, la tranquilidad, nunca les molesta el grito de ningún vecino, nunca el sonido de un televisor demasiado fuerte atraviesa las paredes, las sábanas de sus camas, de percal y color liso, las almohadas a juego, su ropa interior de rayas rosas y blancas de algodón puro, la moqueta clara e impecable, pueden levantarse por la noche sin que se les enfríen los pies, la bata de lana escocesa, las zapatillas de cuero rojo, las miniaturas de perfumes que ambas coleccionan, su manera de emplear el tiempo los miércoles, sus clases de baile, de equitación, de inglés, de piano, de chino, su manera de emplear el tiempo los sábados, las clases de dibujo, de teatro, de tenis, de natación. Las llevan a la Ópera, a la Comédie-Française y al Museo de

Arte Moderno, pero nunca a los centros comerciales. Basta con ver cómo pasan las vacaciones de verano y de invierno, incluso las vacaciones de Todos los Santos y de Semana Santa, esas vacaciones en las que llueve, en las que la gente se aburre, pero Colombe y Héloïse no, ellas se van a perfeccionar la manera de flexionar las rodillas cuando esquían, la forma de coger la raqueta, el acento británico, su conocimiento del Renacimiento italiano.

Tienen once años y ya han visitado Italia, España y Estados Unidos, pero nunca la Unión Soviética, los países de Europa del Este y los campings.

Ese verano de 1977 Colombe está pasando una semana con sus padres en Porquerolles, una isla del Mediterráneo donde los veraneantes circulan en bicicleta. El hotel, una gran casa con revoque de un rosa anaranjado, está situado en una zona aislada. Se accede a él gracias a un Dodge rojo conducido por un chófer egipcio uniformado de blanco; los clientes habituales lo saludan, le estrechan la mano, le llaman por su nombre de pila. Ahmed sonríe, conduce con elegancia el camión sin techo, como los que transportan a los obreros agrícolas, pero en el que se han habilitado dos confortables bancos corridos de cuero. Los viajeros se sujetan como pueden a los arquillos, conscientes de un doble privilegio: es uno de los raros vehículos autorizados del lugar y no están acostumbrados a ese tipo de transporte. El Dodge se mete en una pista llena de piedras rojas, bordea un bosque de eucaliptos. La isla es un parque natural protegido. El hotel está rodeado de un gran jardín con pinos piñoneros y adelfas, con unas mecedoras pintadas de blanco y tapizadas de azul marino colocadas a la sombra. La habitación de Colombe, pequeña, blanca, con una cama de madera oscura con colcha blanca, no tiene cuarto de baño ni aseo. A ella le extraña, su padre comenta: «El encanto de este hotel reside en su vetustez». Volverán todos los veranos, su madre se apresurará a escribir en enero, confiando en conseguir dos habitaciones a pesar de la lista de espera. Un invierno, los propietarios deciden renovar la casa y transformarla en un hotel rosado más impersonal. Ya no tiene nada que ver con su gusto, emigrarán hacia Port-Cros, la isla vecina, a un hotel igual de «encantador y vetusto», con las mismas habitaciones básicas, los cuartos de baño pequeñísimos, los asiduos que se saludan con un gesto sin hablarse, las mismas calas y playitas desiertas donde se va a correr por la mañana antes de desayunar. Con un pareo basta, no hay que buscar un lugar a la sombra para aparcar, no hay que llevar pícnics, sillas plegables ni sombrillas, no hay que quedarse aplastado por el sol, con el cuerpo pegajoso e irritado por el agua salada y las cremas solares. Basta con dar unos pasos para instalarse en una tumbona de lona debajo de los pinos piñoneros y nadar de nuevo bajo la luz dorada. Colombe conserva de ese verano de 1977 el gusto por los baños de mar en el Mediterráneo, pero de ese mar solo conoce las playas vacías, el lujo de lo que parece salvaje, intacto, gracias a que ha sido preservado de quienes no tienen medios.

Cuando Colombe desembarca en Tolón o en Hyères, observa las pizzerías, las tiendas de bañadores, las plazas de aparcamiento y los campings, los supermercados y las rotondas, el gentío. Se protege de la culpabilidad diciéndose que el lujo de esa agua reluciente, su frescor ideal que equilibra de forma ideal el calor ideal del aire, el placer de sentir el cuerpo lustroso y lleno de sal, es una droga pura y gratuita. No debería abandonar esas profundidades, debería quedarse allí, sin volver a tierra, donde surgen todas las problemáticas sociales con las que Colombe apenas se tropieza.

Cuando Héloïse le habla de sus vacaciones en Saint-Tropez, de la casa de su abuela y de los días en el Club 55, Colombe se dice a su vez que otros tienen más suerte que ella.

En octubre de 1977 Héloïse y Colombe van con el colegio a descubrir la Grande Borne, un nuevo barrio en Grigny, en el extrarradio parisino. Toman el tren de cercanías en la estación de Luxemburgo, la más cercana a sus casas. Los vagones de color blanco, azul y rojo completamente nuevos, el césped al pie de las torres, los juegos al aire libre, las esculturas en forma de coloridas serpientes, el retrato de Rimbaud, los colores en las paredes, el azul claro, el rojo, el amarillo: les gusta todo. Colombe se dice que le encantaría vivir allí, en un edificio moderno, y no en un viejo y sombrío edificio de París.

Se las puede odiar por estar ciegas. Es fácil que así sea y así será: serán castigadas, sobre todo Héloïse.

Imaginemos a una socióloga, observadora aguzada, a quien le hubieran encargado un fresco social de la burguesía parisina en los años setenta, y que para ese fin se hubiera instalado de forma simultánea en casa de los padres de Héloïse y en la de los de Colombe. Ha estudiado la carrera en Vincennes, es feminista y proviene de un medio obrero. Comienza su análisis con una descripción de ambos lugares y de sus habitantes, y al principio piensa que son dos familias idénticas, pero después se da cuenta de su error.

Los mismos pisos junto a los jardines de Luxemburgo, con parquet de listones rectos, chimenea de mármol, molduras en el techo (angelotes, flores de lis), cocinas y cuartos de baño estrechos con cerámicas de colores brillantes (ocre y verde manzana), salón y comedor separados por puertas acristaladas (retiradas por los padres de Colombe en su casa siguiendo los consejos de un decorador: «Hay que suprimir las separaciones, dejar que el aire circule»), los mismos muebles antiguos (heredados en casa de Héloïse, comprados en un mercadillo o en un anticuario en casa de Colombe) y contemporáneos (de un estilo italiano más sutil en casa de Héloïse, de un estilo danés más austero en casa de Colombe).

Es lo único que ellas conocen. Las abuelas de Colombe viven en unos pisos más pequeños, con un dormitorio, un salón y un comedor, pero es normal, piensa Colombe, viven solas.

Las meriendas de cumpleaños de sus compañeros del Colegio Alsaciano se celebran en unos pisos con idéntico formato, solo cambia la decoración. Los hay con colores y con extravagantes papeles pintados, con flores gigantes color rosa fucsia, naranja chillón, amarillo limón, muebles de plástico y mullidos pufs, o con muebles severos, terciopelos de un verde oscuro y grabados de patos.

Al principio, la socióloga cree poder distinguir a las familias gracias a sus gustos en materia de decoración: 1) Las familias con papeles pintados extravagantes son de izquierdas, prefieren el queso de cabra al camembert, los padres (y a veces las madres) ejercen profesiones liberales o intelectuales y se declaran antiburgueses, porque ser burgués significa ser conformista, y ellos no lo son. 2) Las familias con los sofás tapizados de terciopelo verde oscuro o beis están a gusto con lo que son, para ellos «burgués» no es una palabrota, es algo que está bien. Son de derechas.

Pero se dice que quizá sea un criterio algo simplista.

El inmueble en el que viven los padres de Colombe, con su largo pasillo y su pequeña cocina, fue construido a finales del siglo XIX. Pertenecen claramente a la categoría 1. Asumen más o menos su clase social, el papel pintado es dorado en la entrada y plateado en el comedor, no les asusta que haya una alianza entre el Partido Socialista y el Partido Comunista. La socióloga sospecha que el padre de Colombe militó en este último cuando era estudiante; al principio le cae simpático, pero después cambia de opinión, es un traidor que eligió la vida burguesa. Se traga su juicio, debe ser imparcial.

La socióloga pronuncia la palabra «burgués» escrutando la reacción del interrogado, ella acaba de recibir un nuevo curso sobre comunicación no verbal.

¿Se ha quedado sorprendido (arruga en la frente, boca tensa, ojos curiosos, gestos nerviosos) o, por el contrario, le divierte?

Este tipo de preguntas no se las formula a las madres, no están previstas en el cuestionario. Se lo ha comentado al jefe de servicio en una reunión, pero no le ha hecho caso.

Pregunta, por tanto, a las mujeres sobre cómo están organizadas las faenas de la casa. La madre de Colombe no parece poner interés alguno en la pregunta, contesta siempre yéndose por las ramas. Una mujer de la limpieza a tiempo completo pasa el aspirador, plancha, limpia, hace la compra y cocina; ella se encarga del resto, de que todo esté organizado y funcione, paga la ayuda con su sueldo.

El piso de los padres de Héloïse se encuentra en la última planta de un palacete del siglo XVII, en una de las elegantes calles al sur de los jardines de Luxemburgo.

Los techos son altos, el parquet es en espiga de roble cobrizo, los listones son dos centímetros más anchos que en casa de los padres de Colombe. No hay ningún terciopelo verde ni ningún grabado antiguo como los que la socióloga se esperaba. En las paredes blancas, retratos. Se pregunta si serán de antepasados y se fija en unos cuadros contemporáneos, unas manchas de colores vivos. Los hijos están bautizados, pero no han hecho la primera comunión.

El inmueble pertenece a una tía abuela de Héloïse, que no tiene hijos. La sucesión, las herencias son un tema importante del que, por supuesto, no se habla con nadie de fuera de la familia.

La socióloga no es capaz de establecer de inmediato las diferencias entre el medio social de Colombe y el de Héloïse. Ve a unos ricos, unos burgueses, unos pisos grandes, dos progenitores, una hija única, casi los mismos padres (bajos, rechonchos, calvos, alegres y con profesiones liberales, el de Héloïse es notario, él mismo es hijo de notario; el de Colombe, médico, hijo de un sastre a domicilio que consentía demasiado a sus hijos), las mismas madres (guapas, distantes, angustiadas, con estudios superiores). Observa el parecido físico entre Héloïse y Colombe. Se visten de la misma forma, zuecos, monos, faldas pantalón, jerséis Shetland, sus madres no les compran nada demasiado caro, pero sí de buena factura y siempre demasiado grande, para que les dure, se peinan de forma parecida, pelo semilargo, enmarañado, colas de caballo recogidas demasiado deprisa, el pelo de Colombe no es liso y se le hacen un montón de nudos, pues se le olvida peinarse (desde que asiste al colegio ya no tiene una niñera que la ayude). Héloïse va más cuidada (su madre comprueba que todo esté en orden).

Gracias a una observación más aguda, la socióloga detectará que, desde un estricto punto de vista sociológico, entre estas dos pequeñas burguesas posteriores a 1968 existen diferencias importantes.

A Héloïse le enseñan a utilizar en el desayuno un cuchillo de untar para servirse un trozo de mantequilla, que no debe colocar directamente sobre el pan, sino primeramente en un platito, usando a continuación su propio cuchillo para extender la mantequilla en el pan. Colombe no tiene ningún problema en introducir su cuchillo en el bonito recipiente de plata traído del Silver Vaults de Londres, para, a continuación, extenderlo en su tostada; hace lo mismo con la mermelada. En fin, es encantadora, pero carece de toda educación. Ni su madre ni su padre la animan ni castigan para que diga «Gracias, señora», «Buenos días, señora». No ha recibido una verdadera educación burguesa, solo los consejos de madame Simone, la mujer de la limpieza, sobre la amabilidad y los cuidados que se deben tener para con los demás. Mucho más tarde, Colombe heredará de sus padres un soporte de plata labrada para cortar en la mesa la carne de la pierna de cordero, un plato decorado con un entrelazado de espárragos de color malva y verde claro en el que se coloca un segundo plato a juego con orificios para escurrir los espárragos, un elegante tubo de metal plateado que contiene nuez moscada y un raspador para aderezar los guisos con esta especia, unas cucharas de postre, unos cubiertos de pescado y unos cuchillos con el mango de marfil, pero ella seguirá abriendo la boca cuando coma y haciendo ruido al masticar, mientras que Héloïse se comporta perfectamente a la mesa, maneja los cubiertos con soltura, sabe callarse cuando debe, enviar unas palabras para agradecer la menor invitación a merendar y escribir sensibles cartas de pésame a personas a las que apenas conoce.

Los padres de Héloïse pertenecen a la alta burguesía, a la aristocracia por parte de madre, mientras que el origen social de Colombe es incierto (inmigrantes judíos de Europa del Este cuyos hijos recibieron una educación pública de calidad).

Más tarde, Héloïse asumirá que es una burguesa, que eso es lo que es y no tiene por qué disculparse. Su padre sale de casa a las siete de la mañana para ir a trabajar y vuelve a las nueve de la noche, hay que respetar unas normas, hay que conseguir la excelencia, ella se obliga a ello, trabaja concienzudamente. Sufre los inconvenientes y las obligaciones de una educación burguesa. Sabe comportarse. Sus padres le exigen mucho, espera estar a la altura.

Ocupa siempre la mitad de sus vacaciones en algo útil: cursos de idiomas en Gran Bretaña y en Alemania, cursos de tenis, de vela y de matemáticas. No se le pasa por la cabeza no hacer ni aprender nada.

Colombe, que prefiere la ilusión a la realidad, tardará años en admitir que sus padres son ricos (bueno, no muy ricos, pero sí más que la media), el dinero no le interesa, no habla de él, no lo busca. Y ese desinterés es la prueba evidente de que es una burguesa, es necesario no haber tenido miedo de quedarse sin él para estar bajo la ilusión de que el dinero no tiene importancia. Colombe insiste en el hecho de que sus cuatro abuelos inmigraron, de que llegaron sin nada a Francia. A la muerte de sus padres, heredará algunos muebles e incluso un poco de dinero con el que pagarse parte de un piso en París, pero ella no es en absoluto una burguesa, ese título tan infamante.

La socióloga pregunta a las dos pequeñas y resume así la situación.

Nunca han pasado hambre.

Colombe tiene una cuenta en la pastelería, puede elegir todo lo que quiera.

Héloïse se encuentra la merienda preparada en una bandeja cuando vuelve del colegio. Un vaso de zumo de fruta, una tostada de pan con mantequilla y cuatro onzas de chocolate.

Creen que su vida es normal, dentro del término medio, igual a la de otros muchos franceses, ni más ni menos.

Cuando era más pequeña, Colombe llegó incluso a preguntarse si no pertenecería a la categoría de «paleta». Invitada en una ocasión a almorzar en casa de la pequeña X, la madre de su amiga, después de preguntarle cómo se apellidaba ella y cuál era el apellido de soltera de su madre, negó con la cabeza, nunca había oído hablar de esa familia. Fue a comprobar en el *Bottin Mondain* y después en el *Who's Who*, pero nada.

A los once años ambas siguen en una relativa incertidumbre acerca de su situación social, se miran al espejo: no ven diferencias entre la burguesía media y la alta burguesía.

—¿Qué somos? ¿Somos ricos o normales? —le pregunta Colombe a su padre.

—Estamos dentro de la media —le responde él.

Las dos confiesan a la socióloga que tienen suerte, no se lo ha dicho nadie, pero han leído libros como *Poquita cosa*, con niños desgraciados y maestros severos que pegan a sus alumnos con una baqueta. Francamente, no es su caso.

Hablan mucho de su colegio.

Los profesores del Colegio Alsaciano no ponen deberes, los alumnos deben presentar una vez al trimestre una «obra maestra», un trabajo de su propia invención, lo cual les divierte mucho. Héloïse inventa palabras cruzadas, acertijos, juegos; Colombe escribe historias que ella misma ilustra. No se les pide que se aprendan las cosas de memoria, porque correrían el peligro de traumatizarse, de padecer fobia escolar o, peor aún, de aburrirse.

Colombe es distraída y perezosa, mientras que Héloïse es concienzuda y seria, señala la socióloga, y en eso reside la peor injusticia.

En un colegio normal, si Colombe no rectificara y no se pusiera a trabajar seriamente, se arriesgaría, a ser «orientada» al final de tercero de BUP. Pero, como pertenece a esa nueva clase social que emerge en los años setenta, la burguesía liberal e intelectual de izquierdas, la animan, la apoyan, hará unos buenos estudios.

La socióloga, que no ha tenido esa suerte, pero que no es ni una amargada ni una envidiosa, pensará: «Mejor para ella».

Puede, pues, concluir que el final del siglo xx asiste a la llegada de una nueva clase burguesa, procedente de la revolución de 1968, dispuesta a disfrutar de todos los beneficios de su éxito social sin ninguno de sus inconvenientes.

1978

Las dos se parecen: bajitas, con el pelo castaño y la piel y los ojos claros. Su parecido es uno de los cimientos de su amistad.

Les habría gustado ser más altas, están acomplejadas, ¿cuántos centímetros extra les permitirían tener más confianza en sí mismas? Esperan crecer, y también poder comprarse vestidos, sandalias y bailar pegadas con chicos que estarán enamorados de ellas.

No van a la moda, las otras —las que visten bien, son muy buenas con el monopatín y al cabo de unos meses comenzarán a fumar cigarrillos— no se saben sus nombres de pila o las confunden. Héloïse y Colombe, que son las «bajitas» —en eso empiezan de forma parecida—, las que no se han desarrollado todavía, llevan grandes bolsas con sus cosas de montar a caballo y de baile, salen del colegio por la rue d'Assas y se paran en la pastelería si tienen suficiente dinero para tomarse unos cruasanes con almendras. Después suben por la rue des Chartreux sin pararse en el café Le Chartreux, porque ellas no juegan al flipper, no toman café, no hablan con los chicos con aire indiferente ni se ríen con ellos. Cuando pasan por delante de la cristalera del café, no pueden por menos de mirar. ¿Quiénes están sentados en los taburetes frente a la pared pintada con un Vesubio azulado? ¿Quiénes están pegados a sus taburetes junto a la barra? Algunos mayores de segundo de BUP.

Cruzan el Pequeño Luxemburgo, Héloïse gira a la izquierda hacia el Gran Luxemburgo y Colombe sigue de frente, hacia la rue de l'Observatoire, pero antes se sientan en un banco, porque tienen cosas que contarse. Ante ellas, unos parterres de tulipanes amarillos y rojos, una avenida de castaños con anchas hojas verdes que dan sombra, un césped mullido como un sofá, la fuente de Carpeaux, con sus vistosos caballos de bronce y sus chorros de agua que se congelan cuando hace mucho frío, un espectáculo que impresiona siempre a las pequeñas. Los bronces, los grandes árboles, el césped cortado y los tulipanes amarillos y rojos forman su decorado. Ellas no son indiferentes a todo eso, sus padres les han mostrado lo bonito que es, lo admiran, pero se han acostumbrado a estar rodeadas de belleza.

Y luego está ese guateque de cumpleaños en casa de un nuevo, es decir, de un niño que no lleva en el colegio desde el jardín de infancia como ellas. Tom es americano y tiene pecas en su nariz redonda. Héloïse, que suele vestir con un estilo deportivo, lleva unos botines Kickers de piel vuelta teñida, y Colombe, que sigue siendo una «niña modelo», unos Start-Rite, esos zapatos ingleses que no cambian de una temporada a otra. Vanessa Djian, que lleva en sexto bailarinas de Sacha azul marino salpicadas de estrellas amarillas, zapatillas Stan Smith e incluso botas Santiags, está invitada, por supuesto, a casa de Tom, y es fácil comprender por qué Héloïse y Colombe, en cambio, no lo están. En invierno, pueden elegir entre unos Mary Jane con una o dos hebillas, azul marino o rojos, y en verano llevan unas sandalias con las suelas de crepé compradas en la tienda Cendrine de la rue Vavin, donde una mujer con un etéreo moño blanco se inclina sobre sus piececitos, los mide y apoya con fuerza el pulgar sobre el cuero nuevo a la altura del dedo gordo, comprobando así que el calzado les sujeta el pie firmemente, que no es demasiado estrecho (podrá durarles al menos seis meses) ni demasiado grande, pues podría hacerles daño y afectar a su desarrollo, un serio ceremonial del que se excluyen de antemano las bailarinas y las botas Santiags, los guateques y los morreos que las hacen soñar. Y, sin embargo, cuando Colombe se acuesta, con los nuevos zapatos de dulzón olor a cuero junto a la cama, de ese color azul marino tan chic, de chica mayor, casi unos mocasines como los de su madre, dentro de la caja de cartón y el papel de seda que ha pedido para guardarlos, se dice que, gracias a ellos, empieza una nueva vida.

1978

Nunca están enfermas. Tienen constipados, se dan golpes en las rodillas, se hacen rasguños en los brazos, les duele el vientre, tienen 38 de fiebre, en una ocasión 39, llaman al pediatra, que les toca la frente con su mano fría, las vacunan, les ponen aparatos en los dientes para que les queden completamente alineados, van al oftalmólogo. Van a rehabilitación, las cuidan, las sobreprotegen, tienen la columna vertebral en orden, lo mismo que los pies, los dientes y la vista, nada se demora, nada se descuida ni se deja al azar, al «no tiene importancia», nada debe estar de través ni torcido, ellas son perfectas.

Al comienzo de primero de BUP, Colombe, que piensa que las vacaciones de Héloïse son mucho más interesantes que las suyas, le cuenta a su mejor amiga que ha tenido una meningitis y ha estado a punto de quedarse ciega. Ese verano ha leído *La historia de mi vida*, la autobiografía de la militante feminista norteamericana Helen Keller, sordomuda y ciega. La autora detalla cómo consiguió salir de su aislamiento gracias a una voluntad impresionante, y Colombe ha establecido una relación de causalidad entre el genio de Helen Keller y la meningitis que originó su discapacidad. Si le digo que he tenido una meningitis, ha pensado Colombe, Héloïse creerá que soy un genio como Helen Keller.

Héloïse nunca miente, por lo que no puede imaginar que alguien pueda mentirle.

1978

En una foto que debe ilustrar un trabajo sobre la antigua Roma como preparación para un viaje escolar a esa ciudad, se las ve a las dos en braguitas, envueltas en unas sábanas blancas y sentadas en un macetero, que supuestamente representa una bañera romana.

Visitarán el Foro obsesionadas con Valérie y Frédéric, que se han besado en la boca el día anterior. Se esconden detrás de las columnas para poder observarlos en caso de que repitan la hazaña, pero ellos no se acercan el uno al otro en ningún momento, incluso se ignoran. Valérie, que mira a Frédéric desde la distancia, ríe y habla muy alto, pero él le da la espalda.

1979

En la semana siguiente a las vacaciones de Navidad, Héloïse y Colombe oyen a sus padres hablar del mismo tema y se quedan muy preocupadas.

Ambas los han oído invocar como modelo a la pareja de Simone de Beauvoir y Jean-Paul Sartre, han escuchado expresiones como «amor libre», «amores necesarios y amores contingentes», «la fidelidad es una noción obsoleta», «una cárcel para pequeñoburgueses», como si fuera un tema normal de conversación, un debate teórico que deben escuchar los hijos, un aprendizaje, una clave en su educación, como si esta revelación fuera el ideal de una vida feliz y completa. Por un lado, están las esposas y los esposos, sus padres, y, por el otro, los hombres y las mujeres con quienes sus padres pueden tener relaciones sexuales (aunque esa palabra, «sexual», no la dicen).

«¡Qué asco!», exclaman ellas haciendo una mueca.

Héloïse le asegura a Colombe que sus padres se quieren, la prueba está en que su padre toma por el hombro a su madre y le dice lo guapa que es, y ella lo mira como si fuera Dios.

¿Por qué hablan de eso?, se preguntan, ¿porque está de moda? ¿Porque han leído algún libro o han visto algún debate en la televisión?

En cuanto a Colombe, cree que su padre engaña a su madre (no tiene pruebas, pero está convencida). Su madre quiere a su padre, pero ¿quiere su padre a su madre? Esa manera de citar a Sartre y a Beauvoir, como si finalmente hubiera encontrado una solución a todos sus problemas, ¿no será una forma de engañar a su madre sin sentirse culpable?

A los trece años se convierten en mujeres que vigilan a sus padres, les hurgan en los bolsillos de las chaquetas, les huelen las camisas buscando olor a perfume, les miran la agenda para ver cómo pasan el tiempo. Juntas, deciden enfrentarse a sus padres.

Colombe se ha preparado un discurso: su padre debe elegir a su familia, porque «no puedes nadar y guardar la ropa». Su padre baja su *Nouvel Observateur* para escucharla y le contesta secamente que eso no es asunto suyo.

Héloïse ha fallado a Colombe. Está de acuerdo con su padre, no es asunto suyo y, además, sus padres se quieren, está segura de ello. Su seguridad irrita a Colombe.

Hablan de amor.

¿Tendrán un novio algún día? ¿Será rubio o moreno? ¿Será rico? ¿En qué trabajará? ¿Se casarán? ¿En el campo? ¿En París? ¿Con vestido largo? ¿Corto? ¿Cuántos hijos tendrán?

Siempre y cuando, con un poco de suerte, el modelo Sartre-Beauvoir se haya pasado de moda cuando ellas sean mayores.

Se prometen que serán diferentes a sus padres, están seguras de ello, sus parejas «serán normales y, por lo tanto, felices», afirman, con la mochila al hombro. Todavía no la han sustituido por el bolso de cuero tipo morral de caza con una correa de cuerda de la marca Upla con el que sueñan, porque sus padres piensan que no hay que mimarlas demasiado, que llevar un bolso colgado del hombro con una correa de cuerda puede desequilibrarles la columna vertebral, mientras que las mochilas, elegidas con cuidado, son mucho mejores para su desarrollo.

En espera de su próximo bolso de Upla y su futura boda, crecen juntas, o sea, crecen poco. Siguen siendo las más bajitas de la clase, dos chicas con el cuerpo delgado, glúteos musculosos y pechos minúsculos a las que no mira ningún chico.

Piensan que el hecho de que las inviten tan pocas veces a los guateques demuestra que no son atractivas físicamente. Las dos tienen los ojos claros —los de Héloïse tirando más a azul, los de Colombe, a verde—, el pelo castaño, los rasgos regulares y la nariz estrecha. En su clase social eso es bastante normal, diría la socióloga: generaciones de buenos matrimonios, alimentos sanos y vacaciones en la montaña han forjado su físico tranquilizador, relajante y delgado.

Se equivoca. Al menos en lo que se refiere a Colombe.

Colombe no conoce los países de sus abuelos, solo sabe que en Transilvania hay nogales y que allí se come tarta de nueces como en casa de su abuela paterna, y que en Besarabia se toma té con mucho azúcar preparado en un samovar, como en casa de su abuela materna, pero a nadie se le ocurriría ir a pasar las vacaciones allí.

Los padres de Colombe alquilan una casa para las vacaciones de verano o van a un hotel, no tienen una casa familiar, un pueblo, unas raíces.

Héloïse pasa julio en el castillo vasco de su abuela materna, donde su madre pasó todos los veranos cuando era pequeña. El papel pintado del cuarto de baño no ha cambiado, ni el orden ni la frugalidad de los menús, paté o huevos duros en el desayuno, caldos y latas de sardinas por la noche, ni la fresca temperatura del suelo rojo de baldosas del gran pasillo que conduce a las habitaciones de los niños, ni el emplazamiento de su caseta en la playa de San Juan de Luz, y tampoco los apellidos de las personas a las que frecuentan. Un día, su abuela la manda llamar para explicarle el número de hojas de papel higiénico que es aceptable utilizar.

En agosto, va a casa de su abuela paterna en Saint-Tropez, una casa en el puerto de la Ponche que fue comprada en 1950 gracias a la familia de su marido, un oficial de la marina con base en Tolón. Y Héloïse vuelve con tema de conversación hasta Navidad.

Esta diferencia es la que le permite a Colombe comprender de una vez que su familia no tiene lugares ni historias, lo cual es sospechoso. Las historias que Héloïse cuenta de su familia están ligadas a la historia de Francia. Del lado materno, hubo una amante de Enrique de Navarra, un cura decapitado durante la Revolución, un oficial del ejército napoleónico, un emigrante que hizo fortuna en México, un general muerto durante la Primera Guerra Mundial, una viuda que educó sola a sus cinco hijos, un extravagante aristócrata aferrado a un castillo ruinoso. Del lado paterno, una infancia en la Provenza, un bisabuelo oficial de la marina, una abuela heredera de una gran empresa de frutas confitadas, treinta y dos hectáreas de viñedos en el Var, nombres, refugios, casas y esa palabra: «Primada», que Colombe oye por primera vez. Árboles genealógicos ininterrumpidos. Colombe lee el anuario para ver si encuentra noticias de sus antepasados.

1979

La madre de Héloïse desea apuntarla en un *rallye* organizado por una de sus primas. «Es una oportunidad para relacionarse, para ampliar el círculo social con otros jóvenes de buena familia. Os reuniréis un sábado al mes para aprender a bailar. Ya verás lo bien que lo pasas. Después, cuando cumplas quince años, podrás ir a fiestas importantes. Iremos juntas a comprarte un bonito vestido de tafetán a la boutique 14-18». «Es importante», le insiste. Ante la negativa de Héloïse, se enfada.

«No pienso acudir a ese tipo de cosas. Además, sería la única del Colegio Alsaciano que fuera. Nadie va a un *rallye*, todos pensarían que soy una anticuada. Son para gente estúpida», explica Héloïse a Colombe, quien se dice para sus adentros que a ella le encantaría que sus padres le propusieran participar en un *rallye* (pero ellos ni siquiera deben de saber lo que es). A Colombe le apasiona bailar y le encantan los vestidos. Piensa de sí misma que es una frívola y admira la integridad de su amiga, que se niega a que le regalen un vestido de tafetán para ir a bailar con chicos en traje.

1979

Héloïse siempre va vestida con monos y faldas pantalón, pero es capaz de trepar hasta arriba de la cuerda lisa en el gran gimnasio del Colegio Alsaciano. Es impresionante verla subir, un brazo, una pierna, un brazo, una pierna, uno tras otro, aparentemente sin ningún esfuerzo, sin detenerse, sin vacilar, sin mirar nunca hacia el suelo, sino hacia lo alto, donde la cuerda se anuda a la viga del techo, a seis metros del suelo. Al llegar arriba, se digna mirar a los que han permanecido en el suelo y luego vuelve a bajar con la misma agilidad. El profesor de gimnasia la felicita, ella sonríe, se sienta al lado de Colombe y la mira con el rabillo del ojo en espera de su comentario.

Colombe siente tanta envidia que al principio mira hacia otro lado. Después le dice: «Lo siento, no he visto nada de tu proeza». Antes morir que admitirlo.

Es el turno de Colombe. La cuerda lisa es impensable, va directamente hacia la cuerda con nudos. Le entran ganas de pegar a Héloïse por animarla. Se lanza sabiendo de antemano lo que va a pasar, pero confía en que esta vez sea diferente, ha crecido, tiene más fuerza en los brazos, ha estado observando a Héloïse, que, concentrada en la cuerda, no podía darse cuenta de que ella estudiaba cada uno de sus gestos con el fin de imitarla. Parece fácil, un brazo, una pierna, un brazo, una pierna. Colombe se agarra a la cuerda con la mano izquierda, es demasiado gruesa, no puede abarcarla con los dedos, la aprieta con todas sus fuerzas, se quema la palma. Coloca el pie izquierdo sobre el primer nudo que toca el suelo, enrosca la pierna derecha en la cuerda, lleva pantalón corto y nota el cáñamo contra su piel, levanta el pie izquierdo para intentar colocarlo en el segundo nudo, a quince centímetros del suelo, se le resbala, finge no darse cuenta y levanta el pie derecho para colocarlo sobre el izquierdo, el cáñamo de la cuerda tiene unas púas minúsculas que se le clavan en la piel, pero no evitan que se resbale, mantiene el equilibrio con los dos pies trabados, como si fuera capaz de imitar a Héloïse. Solo el dedo gordo izquierdo, apoyado en el nudo a algunos centímetros del suelo, está en el aire, el talón inclinado hacia atrás arrastra el conjunto del cuerpo. Dando un brinco, eleva de nuevo la pierna derecha para situarla por encima de la izquierda, las dos piernas ya están una encima de la otra; alza los glúteos, que de pronto son de plomo, y supera penosamente el primer nudo de la cuerda; lo ha logrado, se encuentra a noventa centímetros del suelo, solo sus glúteos siguen arrastrándola hacia abajo, oye los ánimos de Héloïse (debe de estar burlándose de ella, se está vengando, se ha dado cuenta perfectamente del rechazo de Colombe a reconocerle la proeza), ha alcanzado el segundo nudo, algo que hasta ahora nunca había conseguido, debe de estar a un metro veinte del suelo, baja la cabeza hacia el parquet, le entra vértigo, sus piernas están ahora tan entrelazadas que no puede moverse, está bloqueada, ya no puede ni subir ni bajar, siente la piel de los muslos y de las pantorrillas quemada por el cáñamo, las palmas ardiendo, está a punto de echarse a llorar. Tiene once años, después doce, trece, catorce, quince, dieciséis, diecisiete, el mismo gimnasio, la misma cuerda, ningún progreso, el segundo nudo será la proeza insuperable de Colombe. Se deja caer al suelo, se hace un moratón en los glúteos y se le tuerce el tobillo. No quiere que Héloïse la compadezca, solo su admiración. Humillada, desea que Héloïse desaparezca de su vista para siempre.

1980

Héloïse y Colombe tienen catorce años, les está permitido salir del colegio a la hora del almuerzo. Debe de ser marzo, ese primer sol amarillo pálido anuncia el final del invierno. De pronto Héloïse se echa a llorar, algo que nunca hace delante de Colombe.

Están un poco apartadas de los demás, en la esquina de la rue d'Assas con la rue Michelet, enfrente de una gran tienda de comestibles que vende tarros de conservas con etiquetas que parecen escritas a mano. Colombe mira avergonzada el escaparate y después se vuelve hacia Héloïse, que le dice: «Es el sol, hace que me acuerde de mi abuela, de Saint-Tropez».

Colombe se aparta unos centímetros sin decir nada y luego se reúnen con los demás de camino hacia el café Luxembourg o la pastelería. Colombe no se acuerda muy bien de qué hicieron después, solo del sol que iluminaba a Héloïse, de sus lágrimas, la casa de su abuela alta y estrecha, la azotea con jazmines, el cuarto de baño color rosa, el perfume Opium, que no era un perfume de abuela, de la abuela de Héloïse, era el amor.

A Colombe le asombra que la abuela de Héloïse tenga tan poco de abuela, con sus trajes sastre blancos, los zapatos haciendo juego, la barra de labios roja y, sobre todo, las cosas que enseña a Héloïse y que luego esta repite a Colombe.

Su abuela le dice siempre que es preciosa.

Le enseña cómo darse una sombra de tono ciruela en los párpados para realzar sus ojos claros.

Le ajusta el cinturón del vestido a Héloïse apretándoselo todo lo posible.

Le regala unas sandalias de tacón con lentejuelas plateadas y le dice que no pasa nada porque le duelan los pies. Lo importante es estar elegante.

Le aconseja comer almendras si quiere tener el pecho grande.

Le dice que tendrá a todos los hombres a sus pies y algún día conocerá, como ella, al hombre de su vida, el marido más afectuoso e inteligente del mundo, y será tan feliz como ella lo ha sido con abuelito.

De paso por París, la abuela de Héloïse observa los ojos de su nieta y después los de Colombe, y afirma que los ojos de su nieta son más bonitos que los de su amiga. Colombe comprende que no tiene nada que decir a eso.

Héloïse vuelve siempre de Saint-Tropez con ropa nueva que le regala su abuela.

Nada de ropa de niña o de adolescente bien educada, nada de monos de New Man o de bufandas Benetton, nada de vestidos Liberty de Cacharel o zapatos de Start-Rite con suelas de crepé. Nada de prendas normales en azul, rojo, verde, rosa o gris. Vuelve con una chaqueta de Chanel color rosa fucsia, una chaqueta de Saint Laurent blanca con botones negros, un pañuelo dorado de Hermès y unos zapatos blancos de Ferragamo. Héloïse no se los pone, pero se los enseña, siempre un poco demasiado deprisa, a Colombe, a quien le gustaría probárselos.

Es una ropa que nunca ven puesta a nadie, que solo aparece fotografiada en ese tipo de revistas que sus madres jamás compran. La madre de Colombe está suscrita a la revista feminista *F*, que no publica «esas fotos de moda que tanto degradan la imagen de la mujer» y que hacen soñar a Colombe. La madre de Héloïse desconfía de la moda, de lo que no dura, se compra muy poca ropa para ella, siempre utiliza la misma, elegida con cuidado y con un estilo muy similar al de la aristocracia británica, jerséis Shetland, conjuntos y faldas de tweed, todo muy cómodo y resistente.

«¿Crees que puedo ponerme los zapatos blancos en París?», pregunta Héloïse a Colombe.

Colombe le responde que por supuesto, sospechando que quizá sean de mal gusto, que estará ridícula, que no la invitarán al guateque del chico americano, que sigue haciendo estragos.

En ese año de tercero de BUP, Colombe, con catorce años ya cumplidos, sube algunos peldaños en la escala de lo *cool*, finalmente va a la moda. Gracias a su padre, lleva unas bailarinas Sacha en los pies, unos Levi's 501 sobre los glúteos y una beisbolera gris y blanca sobre los hombros.

Finalmente, el americano invita a Colombe a su fiesta, pero no a Héloïse, que no oculta su decepción. Colombe carga las tintas, ha vuelto a casa a la una de la mañana, ha besado al americano, es su novio, salen juntos.

Le ha llegado el momento de pasárselo por las narices a Héloïse.

A partir de ese momento comienza una lucha entre las dos adolescentes. Colombe tiene un nuevo grupo de amigos: Karin con sus Santiags, Tom con su chaqueta vaquera y Manu con sus Stan Smith, quien, además, juega al tenis. Van juntos al primer McDonald's que abren en París, en el boulevard Saint-Michel, cuyas paredes están decoradas con bibliotecas falsas.

Colombe, totalmente implicada en la lucha, está segura de que la va a ganar con demasiada facilidad. No ha comprendido que Héloïse no participa, no le interesa competir.

En cualquier caso, Héloïse ahora tiene un novio, se llama Philippe y la invita al cine, ella también parece haberse olvidado de Colombe.

1981

En la familia de Héloïse ha ocurrido algo relacionado con el dinero.

No va a casa de su abuela a pasar las vacaciones de Navidad, sino a Bali con sus padres.

Estos compran una casa en Domaine du Cap, en la casi isla de Saint-Tropez. Les ha costado decidirse. La casa tiene un defecto. No hay nada mejor que el Domaine du Cap, con sus bonitas villas construidas antes de la guerra por las grandes fortunas de la industria textil del Norte. Son propiedades que se transmiten en las familias de generación en generación. La casa que venden es más reciente y está situada en la entrada del cabo, en la parte llamada «el Baou». Vivir en el Baou es un signo de que no perteneces a las viejas familias del Norte. A los que viven allí se les identifica de inmediato como pertenecientes al grupo de «familias recientes». Y eso es un problema. Te encuentras a ti mismo justificándolo cada vez que dices que tienes una villa en Saint-Tropez. ¿Ah, sí? ¿Dónde? En el Domaine du Cap. Qué bien, ¿conocen ustedes a los menganos? Su casa está en la punta, ¿la de ustedes está cerca? Tienes que bajar los ojos y decir la verdad: «La casa está en el Baou». El interlocutor, que lo traducirá como él quiera, conoce muy bien la diferencia entre las familias del Norte, las grandes fortunas de la industria textil, y las que llegaron hace unos veinte años, contribuyendo a los buenos negocios de un promotor inmobiliario que no tenía mal gusto. En la entrada del Cap, un guarda pregunta a los visitantes adónde van. Cuando confiesas que solo vas al Baou, te deja entrar con gesto cansino. No vale la pena controlar y telefonear al propietario para ver si te esperan.

No es un problema serio, pero resulta incómodo. Los padres de Héloïse están acostumbrados a que los incluyan en la clase dominante: pertenecen a la aristocracia vasca por parte de la madre y a una vieja familia provenzal por parte del padre. Consideran que forman parte de una élite, ya se trate de gustos, propiedades o membresía. Han decidido quitar hierro a ese defecto menor, con un «Nosotros no somos nada esnobs. Sí, la casa está en el Baou, pero no le damos ninguna importancia». Lo que cuenta son los madroños, las higueras, los caquis y los limoneros plantados en el jardín, por eso han elegido esa casa. La antigua propietaria era una original, una norteamericana, una artista con un gusto exquisito, una heredera de la familia Mellon.

Cada vez que Héloïse quiere compartir con Colombe un recuerdo, un paisaje magnífico que ha visto en Bali, esta cambia drásticamente de tema. Se niega a que Héloïse le cuente sus vacaciones.

Pero acepta la invitación a visitar su nueva casa durante las vacaciones de febrero.

Es una construcción tipo Barbapapá de cemento color rosa. Recorren el jardín, en terraza sobre el mar. Colombe se detiene delante de unos arbolitos con grandes y delgadas ramas oscuras y separadas, se acerca un poco más y ve que de ellas cuelgan limones. Es la primera vez que Colombe ve limones en un árbol, los toca, incrédula, son enormes. Los huele, los sopesa en la mano, los fotografía. Está deslumbrada. Grita: «¡Limoneros!», y curiosamente se le va la envidia.

Héloïse le muestra la cocina con montaplatos, asador, freidora, heladera, dos frigoríficos y un cuadro de timbres marcados con los nombres de las diferentes partes de la casa: habitación azul, habitación rosa, habitación malva, saloncito. Cogen un ascensor con una verja y unos botones en los que pone entresuelo, planta baja y segunda planta. Suben hasta una gran habitación circular con una gruesa moqueta blanca y un banco tapizado con un tejido indio color rosa fucsia adosado a las paredes. Colombe nunca ha visto una casa así, solo en las fotos de las revistas italianas de decoración que le gustan a su padre. Abre una puerta de cristal ovalada por la que se accede a una terraza con vistas al mar, respira el aire fresco y vuelve dentro.

Contemplan el alicatado de los cuartos de baño, uno es totalmente negro, otro amarillo limón, otro de un rosa caramelo y otro azul turquesa. La casa data de principios de los años sesenta, es como si hubieran retrocedido a esa época. «Es un espectáculo, un juego, un decorado», exclama Colombe. Héloïse está silenciosa, tiene una gran habitación con una cama con dosel cubierta con un velo de algodón blanco y un cuarto de baño para ella sola. Las dos se acostumbran muy rápidamente a la nueva casa, que también llega a parecerles normal.

En mayo, François Mitterrand es elegido presidente de la República, los padres de Héloïse están asustados. Han votado a Valéry Giscard d'Estaing. En una ocasión, Anne-Aymone, la esposa del presidente, les invitó a ellos y a otros vecinos a tomar café en Brégançon, la residencia oficial de verano del presidente, el cual estuvo hablando con ellos durante unos minutos a su llegada, lo que alimentó las conversaciones de sus cenas en la ciudad durante más de un año. La cuestión es la siguiente: ¿tendrán que marcharse a Suiza? Héloïse se la repite a Colombe, explicándole que es «porque los comunistas van a entrar en el Gobierno». Varios padres de sus compañeros de colegio son nombrados ministros. Un amigo del padre de Héloïse estudió en la ENA* con el director de gabinete del presidente. En caso de necesidad, puede ser útil. Eso les tranquiliza.

En cuanto a los padres de Colombe, han votado al programa común del Partido Socialista y del Partido Comunista, y les parece normal que haya que pagar im-

* Escuela Nacional de Administración. *(N. de la T.)*

puestos. Muchos años después, Colombe descubrirá que siempre tuvieron una pequeña cuenta en Suiza.

1983

Héloïse pasa el verano yendo a bailar por las noches a las discotecas de Saint-Tropez.

Al comienzo del nuevo curso, Colombe quiere que se lo cuente todo.

Héloïse ha conocido a un italiano de veintiséis años que se llama Matteo.

Colombe pasa el verano en un centro de vacaciones para niños en Château-d'Oex, en Suiza. Le encanta el centro, la montaña, las marchas hasta la Pierreuse y la Videmanette, meter los pies en las aguas heladas de la Sarine, las salchichas asadas y los Sugus de postre, pero sueña con ir a Saint-Tropez.

Allí, Matteo invita al amanecer a Héloïse a un cruasán de chocolate recién salido del horno, Matteo conoce al pastelero, le abre la tienda solo para él. Matteo ha alquilado una casa en la playa de Rayol, basta con salir al jardín y empujar una puerta para encontrarse en la playa. Matteo tiene los ojos negros. Al final del verano, Matteo le regala una sortija con una piedra amarilla. Matteo conduce un descapotable rojo. Matteo la toma por el hombro cuando caminan. Matteo llora cuando el verano llega a su fin.

Mucho más tarde, ya adulta, Colombe pide a menudo a Héloïse que le hable, con todo lujo de detalles, de Matteo y su descapotable, de su casa junto al mar, de sus cartas. A Héloïse le sorprende el entusiasmo de Colombe; es algo que pertenece al pasado, sigue sintiendo ternura por él, tiene algunas noticias suyas, pero ahora está enamorada de otro hombre.

1984

Al volver del colegio, Colombe se entera de que madame Simone, la mujer de la limpieza, ha muerto de repente. Ha sufrido un accidente. El accidente, tal y como su madre se lo cuenta, no está claro, algo relacionado con un ascensor, pero Colombe no se atreve a hacer preguntas.

Su padre la llama por teléfono. «Es triste», le dice, «estamos muy apenados».

Colombe va al entierro, estrecha entre sus brazos y besa al hijo de madame Simone, que tiene la misma edad que ella. Es la primera vez que lo ve en su vida, a pesar de que viven a cien metros el uno del otro.

Para Colombe es la primera muerte.

Hasta entonces se había librado de ella.

Tiene diecisiete años, no le cabe en la cabeza que nunca más volverá a ver a madame Simone y que seguirá echándola de menos durante años, que continuará lamentando no haberle pedido su opinión ni haberla escuchado; haber pensado que siempre estaría ahí.

Treinta años después de su muerte, se sigue acordando del bizcocho de chocolate con aroma a azahar que madame Simone solía preparar.

Madame Simone llegaba todas las mañanas a las ocho, preparaba el desayuno de Colombe, que, de lo contrario, no tomaba nada, abría de par en par las ventanas de las habitaciones y aireaba las camas (se suponía que Colombe debía hacerlo en su habitación, pero se le olvidaba). Después, llenaba un cubo de agua caliente y jabón, pasaba la fregona por el suelo de la cocina y un paño empapado en vinagre blanco por los armarios, pasaba la aspiradora y hacía las camas. Cuando Colombe volvía del colegio, madame Simone dejaba de planchar, de coser o de limpiar la plata, y le preparaba la merienda.

Después de la muerte de madame Simone, el gato de Colombe no quiere comer y se deja morir de tristeza.

1984

Está lo que se espera de ellas y lo que ellas esperan. Dos adolescentes educadas en el ambiente intelectual burgués parisino. ¿Qué más se puede pedir? Son los años ochenta, François Mitterrand es presidente. El Colegio Alsaciano, aprender chino si a uno le apetece, confiar en los hijos. No demasiados deberes, un coto cerrado, algunos

124效率>124

becados elegidos por su inteligencia y su capacidad de trabajo. Viajes escolares a Roma y Florencia. Nuestros hijos deben ser felices, cultivados, tener unas oportunidades increíbles. Los jardines de Luxemburgo, la belleza de las avenidas de los perales, los zuecos de Kerstin Adolphson, las hojas de castaño. Estanterías llenas de libros leídos, la ley Veil. Colombe aborta sin ningún problema. En la televisión, las dos ven *Apostrophes* y el cineclub de Claude-Jean Philippe. Chaquetas de algodón con botones a presión de agnès b. y camisetas de rayas de ciento ochenta francos. Ánimos constantes, proyectos, la elección de sus estudios. A los diecisiete años van a ver juntas *El jardín de los cerezos*, de Chéjov, dirigida por Peter Brook, en el teatro Bouffes du Nord: aprenden que uno puede perder lo que cree que le pertenece por derecho.

1984

Héloïse y Colombe aprueban el *baccalauréat*. No son las primeras en sus familias. Es lo habitual.

Héloïse pregunta a Colombe:

—¿Llevarás a tus hijos al Colegio más adelante? (El Colegio, es decir, el Colegio Alsaciano).

—Oh, no, ya no puedo más con el barrio, ni con el Colegio, los llevaré a la pública.

—Yo sí que lo haré, aquí hemos sido felices.

1985

Después de un año de preparación privada y de un examen de acceso, los nombres de los admitidos en Ciencias Políticas aparecen en una vitrina de la rue Saint-Guillaume.

Héloïse ve el suyo, pero Colombe no. Está disgustada, cree que debe de haber un error. Si a Héloïse la han admitido, a ella, por lógica, también. Va a la secretaría y pregunta si tienen intención de sacar una nueva lista a lo largo del día. Le parece natural conseguir lo que quiere. La sonrisa de estupor del auxiliar, la humillación, la transforma. Empieza a trabajar.

Colombe tiene novio y Héloïse no. Héloïse tiene diecinueve años y piensa que nunca conocerá a alguien que le guste realmente, un marido para casarse, formar una familia y tener hijos.

El novio de Colombe pertenece a ese tipo de hombre, es perfecto, podría ser un buen marido: estudia en una escuela de élite, juega al tenis, tiene coche y es atractivo y atento.

—Es normal que tengas un novio tan perfecto —le dice Héloïse—, eres muy guapa, mucho más que yo.

Colombe no entiende por qué tener un novio es algo digno de admiración.

Ella no ha hecho ningún esfuerzo, ha sido muy fácil, ha encontrado al chico perfecto, el hermano mayor de una amiga, y él la ha encontrado a su vez. Se han besado, él está enamorado y Colombe al principio también.

Héloïse la envidia, Colombe se encoge de hombros, el amor es fácil, solo hay que dejar que llegue.

1988

En una foto tomada durante unas vacaciones, se las ve en bañador sobre unas toallas de playa. Tienen veintidós años. Llevan los mismos pendientes de clip (no les parece bien hacerse agujeros en las orejas, pero no ven ningún problema en ponerse enormes aros cuando están en bañador). Héloïse mira al fotógrafo, confiada, Colombe la observa con afecto. Está preocupada por ella, ojalá todo le vaya bien, porque le parece que es demasiado ingenua. Teme que se aprovechen de ella, que la engañen, que la gente abuse de su confianza.

Por otro lado, le parece demasiado convencional, porque le ha dicho que quiere hacerse socia de un club de golf para conocer, ella también, a un chico perfecto, y que ahora se arrepiente de no haber querido ir a ningún *rallye* cuando era adolescente. «Todas las chicas que fueron conocieron a unos chicos estupendos». Colombe también piensa que Héloïse es una aburrida por haber decidido ir a una prestigiosa escuela de negocios. «Debo ganarme bien la vida», le dice a Colombe, que piensa que verdaderamente es una pija.

1989

Ambas posan para la cámara en Hydra, montadas en unos burros. Están de vacaciones con el padre de Colombe, que ha ido a recibirlas al puerto con una mujer a la que no conocen. Comparten una habitación y una cama con dosel en el hotel Miranda, una casa blanca llena de pesados muebles de madera y artesonados pintados en el techo. Las contraventanas de su habitación están bloqueadas por un jardín trepador. El desayuno, consistente en tostadas, miel y café amargo, se sirve en un patio con naranjos y limoneros. Alquilan un barco que los lleva a una playa donde no hay una sola sombra, pero no les importa, a principios de septiembre el agua está caliente, se quedan allí varias horas, comen únicamente una ensalada de tomates y unos cruasanes con almendras y azúcar glas. La luz de la tarde es dorada. De esas últimas vacaciones pasadas con su padre, Colombe solo conserva esa foto de ellas dos montadas en unos burros y su fastidio por esa mujer que acaba de interponerse entre su padre y ella.

No puede acordarse de una sola conversación seguida con su padre, y tampoco de él en bañador disfrutando del mar y del sol, pero sí del rostro de esa mujer, una elegante berlinesa con rasgos finos y delicados, el pelo rubio casi blanco, ropa de lino en tonos crema y blanco, y un hijo de la misma edad que Colombe que le cuenta que sus padres acaban de separarse, bueno, mejor dicho, su padre ha dejado a su madre por otra mujer, y que la relación con el padre de Colombe le está sentando muy bien a su madre. Colombe no se conmueve.

Ese invierno, el padre de Colombe invita a la elegante berlinesa de pelo fino y casi blanco a su casa del valle de Chevreuse, donde conoce a la madre de Colombe y se da cuenta de que «la situación es complicada». Regala un fular de muselina de seda con flores beis y rosas a Colombe, que lo conserva durante mucho tiempo, hasta que un buen día desaparece, como tantas otras cosas, sin que una se dé cuenta, de pronto ya no está.

1989

—¿Ah, sí? ¿Te acuerdas de eso? —exclama Colombe.

—Sí, me lo contaste tú.

—Oh, fue una pequeña meningitis de nada.

Colombe no se atreve a confesar a Héloïse que le mintió cuando tenían once años, que nunca tuvo meningitis y que, si se lo hizo creer, fue para impresionarla, porque la admiraba mucho.

1990

De septiembre a junio, el padre de Colombe está ingresado en el hospital y ella va a verlo todos los días.

Está convencida de que su padre no puede morir. Su madre no le transmite lo que opinan los médicos. Solo le dice cosas vagas y tranquilizadoras.

Un día lo dejan salir del hospital para pasar el día con su familia en la casa del valle de Chevreuse. Colombe no se da cuenta de que él se está despidiendo de ella.

Su madre no le dice: «Ha muerto», sino: «Se ha terminado».

Después del entierro, Héloïse se preocupa por Colombe, porque no parece estar triste, ¿por qué no llora?

Ella le explica que puede seguir pensando en él y hablándole, que él le responde, así que ¿por qué estar triste?

Está convencida de que solo se trata de una mala racha, de que su padre va a volver.

No le dice a la gente que su padre ha muerto. Tal vez se avergüence de ello. Ya no es la misma.

Ambas se van de vacaciones a la casa de los padres de Héloïse en Saint-Tropez. El padre de Héloïse se encarga de todas las compras, desea regalarle algo a Colombe, pero ella no quiere nada.

1992

Sus títulos de escuelas de élite, los primeros currículums, las prácticas en empresas prestigiosas conseguidas gracias a sus padres o a algún amigo de ellos, sus futuras carreras, sus ambiciones.

Héloïse y Colombe no lo dudan, están en igualdad de condiciones respecto a los chicos de su edad.

A Héloïse la contratan en el departamento de marketing de una importante empresa de cosméticos. No sale de su asombro cuando un chico diplomado en una escuela menos cara que la de ella le dice cuál es su salario, un quince por ciento superior al suyo.

A Colombe la contratan como periodista para un programa de televisión. Un cámara le cuenta que su padre es cartero. Ella se ríe, es el primer hijo de cartero que conoce en su vida. Esa risa es una de sus mayores vergüenzas, uno de sus mayores pesares. Le gustaría poder borrarla.

1992

Colombe está enamorada de un inglés catorce años mayor que ella. Un día él le dice que la ama, está de espaldas y mira hacia el suelo. Otro día, cuando están de pie en el autobús número 83, en medio de un atasco en Sèvres-Babylone, le dice él: sigamos siendo amigos. Ella se vuelve hacia la ventanilla para que él no se dé cuenta de que está llorando, ve a Héloïse cruzando un paso de peatones, le gustaría saltar por la ventanilla del autobús y agarrarse a su amiga.

De 1992 a 2007

Colombe y Héloïse se ven cada vez menos.

Comienzan sus carreras profesionales, se casan, tienen hijos, trabajan.

Han negociado una hipoteca y, gracias a la ayuda de sus familias, han encontrado el piso adecuado en el barrio adecuado, Héloïse junto a los jardines de Luxemburgo (la aportación de su familia es más importante), Colombe en Montmartre, ambas tienen una cocina-comedor, una habitación para cada hijo, los suelos de los cuartos de baño con baldosas *zellige* halladas durante un fin de semana en Marrakech, los vestidos de novia guardados en fundas. Sus maridos leen *Le Monde* y recitan poemas de Mallarmé. Ellas dan a luz en la clínica privada de la Muette, la epidural, los jerséis de cachemira de Bonpoint para bebés de tres meses, la cuna de barrotes de madera imitando a antigua. Después del trabajo empujan encorvadas sus cochecitos de bebé y cargan con las bolsas de la compra, se detienen para besar a sus hijos, comprueban cada dos por tres que están bien y compran una carne muy tierna en la mejor carnicería del barrio. Ponen la mesa, meten la carne en el horno, cambian un pañal, nada les da asco, la mierda de sus hijos les parece una delicia, un último beso, un último abrazo, pagan a la mujer de la limpieza, que pasa la aspiradora, pero ellas limpian los baños y aseos antes de que llegue, se oye el zumbido del lavavajillas, están cansadas, sus maridos regresan por fin a casa, el asado está frío, reproche, la camisa correcta no está limpia, reproche, la baguette está seca, reproche, la mantequilla tiene un regusto extraño, reproche, ellas quitan la mesa, ellos tienen una llamada importante que hacer, ellas se acuestan, rechazan la mano de sus maridos sobre el muslo intentando subir más arriba, por las mañanas les cuesta despertarse, derraman la leche sobre el suelo de baldosas, están solas, entran en pánico, ¿darán abasto?, llegarán tarde al colegio, les gritan a sus hijos, quién lo diría de esas dos burguesas en sus bonitos pisos amueblados con cómodas de Conran Shop, pulidas, sólidas, con cajones silenciosos que se cierran con un ligero clic, sin esfuerzo. Ellas mismas se niegan a admitir su malestar. Se sienten siempre culpables, el niño está constipado porque no lo han abrigado bien, el niño tiene piojos porque ellas no han tenido cuidado. A veces el amor vuelve, sus maridos les regalan tulipanes de muchos colores, sortijas de oro, viajan a Venecia, ellos eligen una habitación con una cama con dosel para sus queridas esposas, cuyos pechos han disminuido, ellos nunca las abandonarían, son la familia, el pilar de todo, las madres de sus hijos, pero no son divertidas, son insoportables y están cansadas, no pasa nada por hacer el amor con otras mujeres, vuelven tarde, son discretos, pero no siempre, les gustaría que los pillaran, cargárselo todo, esa cárcel insoportable, la institución burguesa del matrimonio que aprisiona a los hombres y las mujeres, las mismas conversaciones repetidas hasta la saciedad, las mismas vacaciones, los mismos deseos materiales, un nuevo bolso más caro que el anterior, un nuevo sofá más caro que el otro, el tedio, a veces ni siquiera tienen tiempo para lavarse el pelo, sus maridos hablan mucho durante la cena, las interrumpen cuando intentan decir algo, es más fácil quedarse calladas.

La socióloga imaginaria, que todavía no se ha jubilado, se acerca a saludar. Está decepcionada, esperaba que Héloïse y Colombe, dada su educación, sus títulos, su entorno y círculo social, se librarían de su condición de mujeres, esposas y madres.

Tienen treinta, treinta y cinco, cuarenta años, la cabeza baja, los hombros caídos, son silenciosas y están agobiadas. Estaba convencida de que, gracias a su estatus, a su dinero, serían más libres, menos ciegas, sus maridos más modernos, el sistema menos asfixiante con ellas, y serían capaces de rebelarse, de vivir de otra manera. El dinero y la clase no ayudan nada, las exprimen por ser mujeres.

2001

El médico se lo explica con claridad:

—Su madre va a entrar poco a poco en coma, no sufrirá dolor físico, porque le voy a proporcionar cuidados paliativos. Esté presente, acompáñela. Pida ayuda. Le

quedan seis meses de vida. No le diga que va a morir
—añade.

Poco a poco, la madre de Colombe deja de ser quien
era, se transforma; lo suyo es una larga y desesperante ago-
nía, el sufrimiento de sentir que se está yendo poco a poco,
sin dolor físico, pero con un dolor moral interminable.

El médico lo ha dicho, su madre se está muriendo, no
hay nada que hacer, no hay falsas esperanzas, pero sí al
menos la certeza de que va a morir, y eso alivia a Colombe, la relaja.

Pero la madre de Colombe debe de haberse dado
cuenta. Aunque tenga la mente cada vez más confusa y
repita siempre las mismas palabras y preguntas, comprende demasiado tarde, llorando, que el final está ahí y
no hay nadie que se lo diga claramente. Tiene los ojos
cerrados, hace dos días que no se mueve ni se alimenta.
El hijo de Colombe, un niñito de dos años, como cada vez
que va a ver a su abuela desde que está enferma y retira-
da en su habitación, se quita la ropa, se tumba desnudo
sobre el cuerpo de ella, apoya la cabeza en su pecho y
abre los brazos para tener más contacto con su piel. Ella,
al principio inmóvil, se deja invadir por el cuerpo desnudo de su nieto, después alza la mano derecha para coger
el brazo de su pequeño novio, porque así es como esta
púdica mujer, que nunca ha llamado a sus hijos de otra
forma que no fuera por su nombre, llama a su nieto.

Más tarde, cuando Héloïse evoque esos meses en el piso de la madre de Colombe, tendrá un recuerdo muy especial para Sylvie y Fati, las personas contratadas para acompañar a la moribunda y a sus allegados, aliviar a la enferma, escuchar a Colombe, lavar el cuerpo de la enferma, cocinar, tener la casa limpia, estar ahí, abrir la puerta de la calle, acompañar al visitante hasta la habitación, cerrar la puerta, entrar en el momento adecuado, hacer un resumen a la enfermera de noche, a la de día, ayudar con el papeleo, tranquilizar, cambiar las sábanas de percal a diario, llevar un café caliente en una taza de porcelana con una galleta en un platito a juego, decir: no es culpa tuya, haces lo que puedes con la muerte y con tu propia vida.

Nunca olvidará la calma de esos meses en el gran piso oscuro.

Una amiga que no es Héloïse pregunta a Colombe qué tal se encuentra. Colombe suspira.

—Bueno, no me encuentro muy bien.

La amiga se queda extrañada; luego responde:

—Ah, claro, supongo que por lo que ha ocurrido.

Colombe comprende que «lo que ha ocurrido», demasiado desagradable para ser nombrado, es la muerte de su madre.

2002

Colombe hereda una importante suma de dinero. Se siente aliviada, se dice que tendrá menos de lo que preocuparse ahora que hay dinero en su cuenta bancaria, pues hasta ese momento la tenía muchas veces al descubierto, pero, al mismo tiempo, se siente incómoda. Ese dinero que le ha caído del cielo, sin esfuerzo, sin trabajo, es el de sus padres muertos, le ha explicado el notario, el fruto de dos vidas de trabajo. El dinero está en una cuenta bancaria, Colombe no consigue escuchar, concentrarse, cuando el banquero, después de haber estado ella en el notario, le habla de inversiones y de un seguro de vida. No le interesa, pero se compra unas botas rojas y un nuevo bolso de cuero rojo a juego. Se siente incómoda, pero no lo suficiente para donar ese dinero a alguna organización benéfica, se lo queda para ella, se lo gasta, se comprará un piso en París. Sabe que a partir de ahora se desmarca de sus colegas, es una heredera, mientras que la mayoría de ellos solo poseen el fruto de su trabajo.

2005

Colombe, su marido y sus dos hijos se mudan a la orilla izquierda del Sena, a un gran piso que se parece al de sus padres y está muy cerca del piso en el que ella creció. Matricula a sus dos hijos en el Colegio Alsaciano, pues les queda justo al lado. Colombe y Héloïse vuelven a ser vecinas y sus hijos, como ellas en tiempos, van al mismo colegio.

Colombe entra a trabajar en la redacción de una cadena de televisión. Su jefe la previene, no te pago por pensar.

A Héloïse la contratan en una prestigiosa consultora. Su jefe la previene, me gusta trabajar con jóvenes de buena familia, porque son amables y obedientes.

2006

Celebran su cuarenta cumpleaños, siguen sin tener arrugas. A los chicos de su edad, de su entorno, con las mismas cualificaciones y la misma experiencia, les pagan mejor y les han ascendido a jefes, mientras que a ellas no. No les parece injusto, piensan que es normal. Pasan más horas que ellas en su despacho, tienen más autoridad, están seguros de sí mismos, hablan sin titubeos. Ellas, en cambio, deben darse prisa para volver a casa y ocuparse de sus hijos, se sienten feas e inútiles.

El director de una revista propone a Colombe escribir una crónica, pero no le gusta el texto que ella le envía. Colombe persevera, porque cuando escribe, con el ordenador en las rodillas, se siente bien. Nadie, salvo su jefe, le dice que lo que escribe no está bien. Nadie, salvo su marido, le dice que no es lo que espera de ella. Escribe algo sobre su abuelo paterno. No lo conoció, su padre no le habló nunca de él. No sabe si ese algo es un libro o no es nada. Pide a su marido su opinión, él le dice que no es nada. Aun así, ella se lo envía a un editor. Imagina que será indulgente porque hace algunos años coqueteó con ella. El editor le dice que es un libro. Colombe sabe que deberá elegir entre su marido y escribir libros, que no puede tener ambas cosas a la vez. Le publican el libro, recibe un premio. Héloïse la acompaña a la ceremonia de entrega y regresa con ella, no hablan. Las dos están angustiadas por lo que pueda suceder después.

2006

Héloïse posee un coraje increíble mezclado con una gran ingenuidad, y eso es algo que siempre le ha preocupado a Colombe. Héloïse no miente, de modo que no puede imaginar que alguien le mienta a la cara.

—Mi pobre marido se ha dormido dentro del coche y se ha quedado ahí toda la noche —le cuenta a Colombe—. Trabaja tanto, está tan agotado.

Colombe encuentra en la mesa del despacho una factura de una habitación de hotel en París. Tiembla preguntándose por qué su marido ha dormido en un hotel de París, pero después se tranquiliza al ver que en la factura pone «habitación sencilla», imagina la camita de una plaza en la que sin duda él ha dormido por alguna razón que ella desconoce, tampoco puede saberlo todo sobre él. Y deja de darle vueltas. Él no la ha engañado, se convence a sí misma. Hasta el día en que le viene bien aceptar la verdad para no sentirse culpable. Hasta el día en que ella tiene un amante.

2007

Héloïse y Colombe dejan en el mismo año a sus maridos, que no se atrevían a dejarlas a ellas.

Y conocen a otros hombres.

La socióloga lo ve como un acto de rebelión y se alegra.

2008

Vuelven a pasar las vacaciones juntas.

Los padres de Héloïse son socios del Saint-Tropez Beach Club. Tienen una caseta justo en la entrada.

Esas casetas, las mejores, son para los que van allí desde siempre.

La casa del Baou ya no es un problema. Son propietarios en el Domaine du Cap, son de Saint-Tropez de toda la vida, la abuela de Héloïse compró una casita de pueblo en la Ponche en 1951, mucho antes de que el lugar se pusiera de moda. La norma es haber llegado allí antes. A la gente que ha llegado después se la mira con amabilidad, pero se la desprecia.

Lo que cuenta es ser socio del club y que tu caseta esté bien situada.

Las casetas de los turistas y de los nuevos socios están siempre al final de la playa.

La caseta es la misma desde 1979, cuando Colombe empezó a ir de vacaciones a casa de Héloïse. Una casita de tela con anchas rayas blancas y naranja oscuro, dos vestuarios provistos de repisas con cepillos de pelo (limpios, sin pelos), cremas solares (del año, no viejos tubos con la crema seca y amarillenta que se sale cuando se desenrosca el tapón), espejos, bañadores bien ordenados en su bolsa de plástico y gruesas toallas blancas con una vistosa cenefa de azul real.

En la parte de delante, una plataforma, dos tumbonas, dos sillas de tela, una mesa de cristal que unos camareros uniformados cubren con un mantel a la hora del almuerzo: sándwiches-club, *pan-bagnat*, ensalada César, kétchup, patatas fritas, mostaza, Coca-Cola y Seven Up.

Las casetas están muy cerca unas de otras, se oye hablar italiano, ruso, inglés, alemán, árabe, francés y chino. La vista al mar la tapan otras casetas, las risas, los gritos de alegría, los enfados, los juegos de cartas y de agua. Los cuerpos de los ricos no son más bellos que los de los pobres.

Colombe y Héloïse están con sus hijos.

Los niños quieren patatas fritas, quieren helados, quieren flotadores, no quieren jugar a las cartas en la caseta, no quieren sentarse tranquilos, no quieren leer *Tom-Tom y Nana*, no quieren descansar, no quieren callarse durante cinco minutos. Imposible oírse, imposible hablar.

El club tiene la piscina más bonita del mundo, cincuenta metros llenos de agua de mar.

Al agua, patos.

Colombe teme que sus hijos se ahoguen.

La hija de Colombe tiene cinco años, quiere aprender a nadar. Su madre le dice que es demasiado pequeña, pero Héloïse la anima, le explica los movimientos de braza. La niña prueba a hacerlo, se aplica, traga agua, escupe, persevera, seguida paso a paso por Héloïse. Colombe está un poco alejada, seria. Héloïse está llena de admiración y es entusiasta, mientras que Colombe es miedosa. Mucho tiempo después recordará el entusiasmo, la admiración luminosa de Héloïse esa tarde de verano, el color intenso del agua, los recuerdos cobran vida, vienen hacia Colombe, atraviesan la lona blanca y naranja de las casetas y los inviernos, la acompañan.

2009

Colombe discute con un hombre a propósito de una declaración del ministro del Interior Brice Hortefeux, que ha propuesto desnaturalizar a los hombres polígamos.

El tono sube.

El hombre la toma por el codo, le sonríe y le dice:

—Te explicaré lo que tienes que pensar.

—No estoy de acuerdo —le responde Colombe.

No sale de su asombro al oír el sonido de su voz, tan seguro.

La última vez que dijo: no, no estoy de acuerdo, o: no, no quiero, fue antes de morir su padre, cuando pensaba que ella era genial.

2010

Héloïse es menuda y deportista, con una risa de niña; con frecuencia le asombra la rudeza de la gente.

Héloïse y Colombe están en el barco del padre de Héloïse. Héloïse toma en un aparte a Colombe y le susurra al oído: felicítale por su maniobra, le gustará mucho. A Colombe le impresiona que le preocupen tanto los sentimientos de su padre. A ella no se le habría ocurrido preocuparse de esa forma por el suyo si todavía viviera.

2011

Héloïse anuncia a Colombe:

—Mi padre va a morir.

Después del entierro de su padre, Héloïse confía a Colombe:

—Cuando tu padre murió, no estuve pendiente de ti. No lo suficiente.

—No es verdad, sí que lo estuviste.

En el espacio de pocos años, Héloïse se divorcia de un marido al que quiere y admira, y su padre, al que quiere y admira, muere.

Colombe la anima a ir a ver a un psicólogo.

Héloïse la obedece y va, pero eso no hace que se sienta más aliviada. Deja de ir muy pronto.

La tristeza no le impide continuar con la aventura del amor, seduce, ama, hace el amor, pero siempre con esa pena de fondo por ese hombre que la ha engañado, que ya no la amaba, que amaba a otra y que ya nunca más será suyo.

Es el cumpleaños de su futuro exmarido y Héloïse busca un regalo. Tiene una lista de ideas que comparte con Colombe, son unos regalos espléndidos.

2013

A Colombe la echan del trabajo, se pregunta si su carrera no habrá terminado.

Héloïse se ofrece a ayudarla, podría pedir a su primo mayor que la reciba, que le aconseje, conoce a alguien que conoce al director general de la empresa donde ella trabaja, y también al director de la empresa rival, donde podría solicitar empleo. Ella misma podría prestarle dinero.

—¿Cómo te las vas a arreglar sin un trabajo, sin un marido y sin una familia?

—No pasa nada —le responde Colombe, aunque no sea verdad. Es difícil, pero para ella es todavía más difícil admitirlo. Preferiría hablar de otra cosa.

2015

Héloïse y Colombe caminan por un bosque del valle de Chevreuse.

Colombe ha telefoneado esa mañana a Héloïse y por fin le ha confesado:

—Estoy harta, ya no puedo más, es todo demasiado difícil.

Héloïse ha respondido:

—Voy.

Se ha reunido con Colombe y han ido a caminar. Brezos, helechos, robles.

—No puedes ir contra todo, Colombe. Deja tus luchas para lo importante y olvídate del resto. Ocúpate de tus hijos. Debes trabajar y ganar dinero. Lo demás ha de importarte un bledo.

Colombe, que no está acostumbrada a obedecer, la obedece.

El otoño acaba de empezar y le resulta fácil hacerlo.

Colombe se tumba en un claro, con las piernas y los brazos abiertos.

Héloïse se sienta a su lado.

Colombe nota la sangre circulando por su cuerpo.

No puede creerse que sea tan fácil.

Héloïse le ha dicho simplemente:

—Olvídalo.

Tiempo después, a Colombe le encanta repetir a Héloïse lo mucho que le debe por haber hecho que comprendiera que le está permitido tener algunos defectos.

2015

Colombe acaba de publicar un libro sobre su padre. Una periodista la está entrevistando acerca de él. Están en la cocina de su piso, una amplia habitación con baldosas de color vivo y una mesa de los años sesenta de mármol blanco.

La periodista le pregunta:

—¿Pertenece usted a una familia burguesa?

Colombe responde, segura:

—No, en absoluto. Soy nieta de inmigrantes.

La periodista insiste:

—Tendemos a pensar que el burgués es el otro. Está tan mal visto ser burgués que siempre nos parece que hay alguien más burgués que nosotros.

La periodista tiene razón. Colombe es una burguesa.

2015

Héloïse cena con Colombe y sus hijos. Está en la cocina, nerviosa, tiene que enviar un e-mail y está esperando otro. No se despega del teléfono, tiene un trabajo en el departamento de comunicación de un laboratorio farmacéutico, su subalterna directa está intentando quitarle el puesto, una chica con una desfachatez impresionante que hace la pelota al director general, que lleva escotes, que le ha copiado un informe y lo ha firmado con su nombre, eso no se hace, ¿verdad? ¿Crees que debería decirlo? ¿Piensas que debo dimitir?

Sus presentaciones, sus dosieres, sus análisis, sus recomendaciones y sus PowerPoints son siempre perfectos, pero ella nunca considera que está a la altura, o, mejor dicho, siempre tiene la sensación de decepcionar a los demás.

De todos los amigos de Colombe, Héloïse es la más seria. No es divertida, pero se ríe mucho, tiene un trabajo que Colombe no comprende, algo entre el marketing y la comunicación, las relaciones públicas y el asesoramiento, aunque es tímida, reservada y no tiene ninguna confianza en sí misma.

Cuando Héloïse le habla del trabajo, detallando las estrategias de las empresas de las que se va regularmente por oscuras razones, Colombe finge escuchar y aprobar. Conserva su admiración hacia ella por otra razón.

Héloïse se viste como una señora desde que tenía quince años, con las chaquetas de alta costura de su abuela. No es sexy, no lleva ni minifaldas ni escotes, su estilo es más bien el de una chica que se viste como una señora. Lleva unas joyas doradas demasiado pesadas, se maquilla, se peina, se pone medias. A pesar de todos estos hándicaps en valores socialparisinos, Héloïse ha tenido, desde su divorcio, una serie de enamorados inconsolables a los que deja con la misma regularidad que las empresas en las que trabaja.

Describe las razones de sus rupturas a Colombe, que la escucha con gran interés. No va lo suficientemente bien vestido, no es cultivado, divertido, o cualquier otra cosa; es menos estupendo que su exmarido, menos estupendo que su padre. Colombe la frena, recordándole que tiene una suerte enorme por haber encontrado a un hombre que la quiere. En sus relaciones con los hombres, con su deseo, es donde Héloïse, con sus modosas blusas de seda abotonadas y sus faldas nunca demasiado cortas, ejerce plenamente su libertad, mientras que Colombe, con vaporosas blusas de gasa abiertas por el pecho, es más encorsetada.

Pero a ti qué es lo que te gustaría hacer realmente, pregunta Colombe a su amiga. Puedes elegir, puedes hacer lo que quieras, eres inteligente, tienes una buena titulación (piensa que es como ella, que quiere elegir, decidir y dirigirlo todo), pero Héloïse no elige, se deja llevar por su seriedad, su buena educación, sus títulos, los pequeños anuncios en LinkedIn, sus dudas; la contratan en puestos para los que está sobrecualificada y mal pagada. El mensaje de su jefe directo llega por fin sin la respuesta que ella esperaba, el proyecto interesante no se lo van a dar a ella, sino a la chica «con una desfachatez impresionante».

Héloïse se sienta por fin, hace algunas preguntas muy concretas a los hijos de Colombe, los escucha, se fuma un cigarrillo, le ofrece al hijo mayor, que quiere presentarse al examen de admisión en el Instituto de Estudios Políticos de París, las fichas preparadas por su hijo, que acaba de aprobar a la primera, como lo hizo ella en su momento.

Al día siguiente, Héloïse telefonea a Colombe:

—¿Tú no tienes náuseas?

—Pues no.

—Porque yo en cambio sí que las tengo

—¿No tendrás una gastroenteritis? ¿No te habrá sentado mal la cena de ayer?

—Estoy así desde hace tres semanas. ¿Crees que es normal que una gastroenteritis dure tres semanas?

—Hum, no lo sé. Quizá sí. Quizá sea normal.

2015

Colombe sale del supermercado Franprix, son las siete de la tarde, una hora de la tarde de noviembre que responde a la perfección a lo esperado: oscura, húmeda, cansada. Lleva una bolsa con cosas para la cena sin ninguna imaginación: pechugas de pollo y arroz. Héloïse la llama por teléfono y Colombe responde, porque cuando hablan entre ellas es como si volvieran a tener once años, aunque ahora tengan cuarenta y nueve. Héloïse habla con una voz clara, directa, cristalina, asombrada, su voz habitual, quizá un poco más rápida y tensa:

—Está por todas partes.

—¿Qué es lo que está por todas partes?

—La enfermedad.

Colombe ha respondido con un sí, pero la información no ha entrado en su cerebro, una barrera se ha alzado contra la palabra «enfermedad», que se ha estrellado contra ella antes de alcanzar el centro de comprensión lingüística. Ha oído la palabra «síntoma» y las palabras «glándula», «sangre», «mortal» y «pulmón», pero su cerebro no ha sido capaz de relacionarlas entre sí. Colombe ha colgado por tanto el teléfono como si la vida normal, esa donde la muerte no existe, continuara como siempre. Ha cogido el metro y ha dejado sobre la mesa de la cocina lo que ha comprado en Franprix y, en ese momento, mientras está colocando en el frigorífico los yogures de chocolate, su cerebro ha relacionado las cosas, la náusea la ha invadido, quiere telefonear a Héloïse, pero ella también se encuentra mal, esa gastroenteritis interminable de la que Héloïse le lleva hablando desde hace días se apodera de ella. Está asustada, pero no tiene elección, telefonea a Héloïse y le hace la pregunta cuya respuesta ya conoce para que le confirme lo que no desea saber.

—¿Qué es lo que tienes? ¿Es grave?

Héloïse le repite:

—Sí, está por todas partes.

Colombe camina hacia la casa de Héloïse, viven a ambos lados de los jardines de Luxemburgo, ella en Port-Royal y Héloïse en Vavin.

Siempre han estado en situación de igualdad desde que tenían once años, la ventaja de una de las dos compensada por los problemas de la otra, y a la inversa, pero ahora, en el boulevard du Montparnasse, entre Vavin y Port-Royal, ya no hay comparación posible de semejanza, adelantamiento o retraso, solo hay lo que Colombe define con rabia como una traición.

¿Cómo afrontar la muerte cuando está ahí, fea, sin artificios, y no hay forma de librarse de ella?

Héloïse abre la puerta, no se saludan con un beso, no se besan nunca, se quedan de pie.

Héloïse es la primera en hablar:

—No tengo miedo a morir.

—Lucharé hasta el final.

—Y, mientras tanto, viviré.

—Me apetece viajar.

—Hay un montón de países que no conozco.

—Eso es todo.

El primo alto y guapo de Héloïse llega en ese momento, los dos hablarán con los hijos de ella, les dirán que su madre está enferma.

Colombe se va, aliviada por dejarle a él esa tarea.

Vuelve a la vida normal, donde no se sabe nada, donde no se puede prever lo que va a pasar, donde todo cambia constantemente, suena por la radio *Summer Soft*, de Stevie Wonder, una canción que te transporta a otro lugar, a un amor perdido, el metro llega con retraso, un colega te llama para quejarse por algo que has hecho, el fastidio de no ser comprendida, una alergia en el cuello, nada para aliviar el escozor, la vida normal tal cual es, con sus tristezas y consuelos y el paso de unas a otros, un péndulo que de pronto se para: la certeza es una ilusión, la muerte aparece y se carga todo lo demás, solo ella existe.

Se acabó, hasta aquí hemos llegado. Es demasiado pronto todavía. Con todos esos viejos que viven tanto tiempo, ¿por qué nosotras?

Ninguna de las dos tiene aún cincuenta años: algunas canas apenas visibles gracias a unos tintes excelentes y sutiles, el rostro liso, reflejo de su estilo de vida impecable, sin apenas ojeras, señal de la hora tan razonable a la que se acuestan, las piernas depiladas, los pechos pequeños y, por lo tanto, menos susceptibles de albergar un tumor, cenan puerros, salmón fresco y kiwis, una copa de vino tinto al día, tal y como recomiendan los médicos, ¿y van a morir jóvenes?

Son buenas chicas: duermen por la noche, hacen los deberes, no se perforan las orejas, no repiten curso en la universidad, no dan problemas a sus padres, para ellos «todo va sobre ruedas», solo en una ocasión se fuman un porro que les hace partirse de risa. Después se casan, tienen hijos, un trabajo, se siguen acostando temprano, están cansadas, sus maridos están fuera, sus hijos son pequeños, después crecen, es más fácil, se divorcian, tienen ligues.

La enfermedad de Héloïse no puede explicarse por nada de su vida pasada. No es el resultado de un trauma, de una gran tristeza, de una herida grave, de un exceso de tabaco o de alcohol. Cuando se puso enferma, estaba feliz, enamorada, sus hijos se encontraban bien, trabajaba, no tenía problemas de dinero. Sufría. Había perdido a su padre y a su marido. Esa clase de tristezas que se sufren en el curso de la vida, las tristezas tangibles, no pueden provocar una enfermedad mortal. Si no, todos estaríamos enfermos.

Ella es lo contrario a una «conductora de alto riesgo». Es dulce y seria; no tiene confianza en sí misma. Eso no es razón para que una enfermedad mortal se le venga encima.

Un día Héloïse se preocupa porque tiene náuseas, hace tres semanas que se encuentra así (pero siempre se preocupa por nada, piensa Colombe, como si ese no fuera también su caso).

Quince días después, el médico anuncia a Héloïse que el hígado, los huesos y el pulmón están afectados, que no hay tratamiento, que no la pueden operar, ella «se queda pasmada», y el cliché es exacto; en cuanto a Colombe, no se lo puede creer y, por una vez, también el tópico «no se lo puede creer» es exacto. Nadie puede decir que ha sido por «la vida que Héloïse ha llevado» ni por «sus excesos». Con la vida que ha llevado debería haber vivido hasta los ciento veinte años. «Resulta escandaloso, no nos daremos por vencidas», proclama Colombe, pero se equivoca, no es su enfermedad, no es su muerte.

A diferencia de Colombe, Héloïse no se escandaliza.

Héloïse sabe que no hay ninguna razón ni ninguna explicación: la mala suerte, el destino, es así.

2016

Durante el primer mes después del anuncio, la muerte se niega a ceder posiciones, pero nos negamos a oírla; la mínima información positiva es amplificada, transformada si es necesario. Escuchamos y retenemos las cifras que nos convienen, las que coinciden con lo que queremos oír. Construimos nuestra propia mitología, «se pondrá bien», reteniendo y repitiendo los hechos que nos permiten demostrarlo, aunque sean insuficientes, confusos e inseguros. Los otros hechos, los que tienen la audacia de ir en contra de lo que deseamos, son insignificantes, los rechazamos, los tachamos de insuficientes, confusos e inseguros, cuando evidentemente son sólidos, ciertos y poderosos.

Héloïse no tiene ninguna posibilidad de ponerse bien.

Y la rueda vuelve a girar.

Tenemos motivos para creerlo, tenemos motivos para depender de esos minúsculos detalles que somos los únicos en comprender. Tenemos motivos para ser unos locos y unos ingenuos, para ver en algunas señales incoherentes un futuro feliz. No somos unos locos ni unos ingenuos. Pero eso es solo una cuestión de suerte. Basta con una nimiedad para pasar de un estado a otro, de la enfermedad, de la muerte, a la vida, de la tragedia a la alegría, de la estupidez al alma fuerte.

Se produce un primer milagro: la enfermedad responde al nuevo tratamiento, Héloïse se lo cuenta a Colombe por teléfono. Los medicamentos tienen unos efectos secundarios ridículos: solo se seca la piel y salen unos pocos pelos de más en algunas zonas. Ambas tenían motivos para no ser razonables.

Héloïse repite estas hermosas palabras: las células son astros muertos.

Volvemos a una vida normal en la que la muerte no existe.

El amor.

Héloïse se echa un nuevo novio que tiene la ventaja de tener el mismo nombre de pila que su marido, a quien ella sigue queriendo secretamente, y de parecerse a su primo mayor, que es muy guapo y generoso.

Desde enero hasta el final del verano, Héloïse y Colombe se extasían juntas ante el nuevo novio que Héloïse había conocido quince días antes del anuncio de la enfermedad mortal y que no había salido corriendo.

Colombe también tiene un nuevo novio.

2016

El novio de Héloïse alquila un barco, ella se fuma algunos cigarrillos. Se zambulle en el Mediterráneo con su cuerpo delgado y musculoso. Nunca ningún hombre se ha portado así conmigo, le cuenta Héloïse a Colombe, me mira durante horas, me abraza y se queda así, sin cansarse.

Está muy contenta.

A la vuelta de las vacaciones, tose, el primer tratamiento ya no es eficaz, su médico le propone probar con un tratamiento de segunda generación.

Héloïse busca trabajo, lo encuentra, telefonea a Colombe para describirle sus nuevas responsabilidades, sus problemas con la plaza de aparcamiento, con los colegas. Colombe pone el altavoz del teléfono, se lava las manos, se las seca, reacciona a tiempo para formular una respuesta admisible.

Hablan por teléfono como antes (cuando la muerte era impensable).

Después las cosas se tuercen.
Héloïse deja de responder al tratamiento.

La muerte vuelve a su vida, pero los médicos no emplean la expresión «enfermedad mortal», utilizan ese extraño lenguaje que es necesario traducir siempre, hablan de «riesgo vital», «*impasse* terapéutico», «letalidad», y niegan que nada de eso sea «determinante».

La palabra «muerte» nunca se pronuncia: desaparece de las conversaciones como si fuera una palabra desconocida, cuando, sin embargo, la muerte nunca ha estado tan presente.

No hay nadie a quien Héloïse pueda preguntar:

¿Duele la muerte?
¿Hay que hablar y negociar con ella?
¿Cómo se prepara uno para morir?
¿Qué se hace cuando la muerte está ahí y debes despedirte de la vida?

2017

Las dos se encuentran delante del hospital Cochin, donde Héloïse va a recibir la primera fase de un nuevo tratamiento.

Colombe se ha ofrecido a acompañarla al hospital, es la única forma de salir de sí misma. Su novio la ha dejado la víspera. Le ha soltado: «Deja de lloriquear», después de haberle repetido durante meses que era «la mujer de su vida». A Colombe le gustaría morirse, después se avergüenza de pensar una cosa así.

Es un día de mucho calor de finales de junio y Colombe está esperando a Héloïse, que se retrasa. Hace diez días que no se ven. Se queda mirando a una mujer embarazada de muchos meses tapada con una tela negra de la cabeza a los pies, acompañada por un hombre en pantalón corto que lleva a un niño de la mano. Luego ve otra figura, delgada, encorvada y con aspecto de persona mayor a la que al principio no reconoce. Es Héloïse, le duelen mucho las piernas, tiene el fémur afectado, pero ha ido a pie, vive muy cerca del hospital, no se ha atrevido a coger un taxi. Se apoya en el brazo de Colombe y caminan muy despacio hacia el centro de tratamiento. Allí encuentran un poco de frescor, un ascensor que funciona, una enfermera que las recibe amablemente e instala a Héloïse en un gran sillón cubierto con un plástico de un verde almendra, junto a una ventana por la que se ve un árbol. Colombe sale mientras la enfermera prepara un gotero, se sienta en un comedor/sala de espera/ cafetería con un microondas, un distribuidor automático, olor a chocolate y cuatro mesas de formica. Un cartel ofrece información y consejos para manejar el tratamiento. Colombe inhala suavemente por la nariz y espira por la boca, como le han enseñado a hacer en ese tipo de situaciones. Una mujer con bata blanca le pregunta si está esperando para recibir tratamiento.

Colombe vuelve con Héloïse, se concentra en el rostro de su amiga, tiene más afilado el puente de la nariz y se le ha endurecido el contorno del mentón, ¿puede hacer algo por ella?

Sí, y eso ayuda a Colombe.

Héloïse está intranquila porque ha olvidado el cargador de su móvil. Colombe se ofrece a ir a buscárselo. Nada más salir de allí, se alegra de escapar del tratamiento al que ella no debe someterse, pero fuera no se encuentra mejor, porque hace demasiado calor y por las dos tristezas que se le entremezclan por dentro, imposibles de distinguir la una de la otra: la de la enfermedad de Héloïse y la de un amor que se acaba con una llamada de teléfono. Camina muy deprisa, se ve obligada a llamar a Héloïse, una primera vez porque ha olvidado el código y una segunda porque no consigue abrir la puerta del piso, Héloïse le explica cuál es la llave correcta. Es la primera vez que Colombe está sola en la casa de su amiga.

Mira las fotos enmarcadas en plata que hay encima de una cómoda.

El marido de Héloïse con sombrero de copa el día de su boda, ella con un vestido entallado de faya, estaba tan guapa que la fotografiaron para un anuncio de Bon Marché.

Dos niños con pasamontañas, uno azul y otro rojo, que les tapaban la frente y las mejillas.

Una de Héloïse y Colombe en bañador a la edad de veinte años, tumbadas la una junto a la otra en una playa.

Siguiendo las instrucciones de Héloïse, Colombe busca el cargador en el dormitorio, al lado de la cama. Levanta unas pilas de libros y un collar de oro, que sopesa en su mano. Es el que lleva Héloïse en la foto en la que están en bañador, un collar de gruesos eslabones que contrasta con su cuerpo grácil, se pregunta quién lo heredará cuando muera, no encuentra el cargador.

En el cuarto de baño, en el reborde del lavabo, unas lujosas cremas de cara. Colombe se compra las suyas en la farmacia. Mira el nombre de las marcas en letras doradas, lee las descripciones de los elixires, de los sérums con efectos prodigiosos, abre una barra de labios color rosa, hay muy pocas posibilidades de que el cargador se encuentre en el bote de crema con el logotipo de Dior, pero no puede por menos de hundir su dedo pegajoso en la crema nacarada y pasárselo por el entrecejo, donde le ha aparecido una arruga. El cargador está ahí, en el reborde de mármol blanco. Duda antes de abrir el armario ropero para ver los jerséis de cachemira y las chaquetas de Chanel que Héloïse heredó de su abuela, siguen ahí. Cuando extiende la mano para acariciar los hilos dorados de un cárdigan, oye entrar a alguien. Cierra rápidamente el bote de crema y la puerta del armario. Es el hijo pequeño de Héloïse, al que le explica la razón de su presencia en el cuarto de baño de su madre y se va. Vuelve a la calle, que está como un horno, el letrero ONCOLOGÍA, el ascensor. Héloïse le da las gracias, ahora necesita quedarse a solas, quiere llamar por teléfono a su novio. Colombe la envidia, volverá a recogerla dentro de dos horas. Mientras tanto va a nadar a la piscina de rue de Pontoise, donde solía ir con su exnovio, llora ruidosamente mientras hace un largo y luego se sobrepone.

2017

Los controles.

Héloïse informa a Colombe sin quejarse de sus sucesivos escáneres de control.

Está a la espera de un control o regresa de un control. Esos «antes» y «después» se encadenan con regularidad. Antes, siempre hay un suspense. ¿Será el resultado mejor? ¿Habrá menos marcadores? ¿Estará funcionando el tratamiento?

Héloïse y Colombe imaginan juntas las buenas noticias. Cada vez se cuentan una historia parecida a esta: los marcadores de la enfermedad serán minúsculos, responderán con facilidad. Hablan acaloradamente sobre qué tratamiento podrá funcionar mejor. Colombe se pregunta si Héloïse finge creerse esa historia para tranquilizarla a ella.

Después de un control, Héloïse nunca se encuentra bien.

Pero hay un nuevo tratamiento que da muy buenos resultados, afirma que el médico le ha transmitido confianza.

Héloïse repite a Colombe lo que le ha dicho su médico: aunque los tratamientos hayan fracasado uno tras otro, no está en un «*impasse* terapéutico».

Y después, enseguida, vuelve a estar a la espera del nuevo control, y con él retorna la esperanza.

2017

Colombe le pregunta a Héloïse:

—¿Cómo te encuentras?

—Mal —le responde ella.

Sin embargo, Héloïse lo está haciendo todo muy bien. Come verduras, hace un poco de deporte, descansa, evita las emociones fuertes (como si eso fuera posible), toma concienzudamente la medicación, bebe agua mineral, se somete a las sesiones, una tras otra.

No cree en los tratamientos alternativos (reiki, naturopatía, osteopatía, ajo, té verde, limón y rezos de todo tipo). Ella nunca ha negado lo que le está pasando.

Es sensata, racional, obediente y está desesperada, todo a la vez, hace proyectos incongruentes, extravagantes: me gustaría ser decoradora, abrir una galería de arte, mudarme, dejar a mi novio, irme a la India con mi novio. A veces, se fuma un cigarrillo a la vista de todos.

Debe aprender a vivir con su enfermedad, le explica su médico. Ella obedece.

2017

Héloïse constata los hechos, los enumera sin apenas asustarse: el desvanecimiento durante una sesión, la imposibilidad de levantarse una mañana, el miedo a quedarse sola en casa, los sucesivos controles, los retrocesos y los avances de la enfermedad. Se encuentra en una prisión cuya salida se posterga siempre, y nosotros somos sus carceleros, los que le dejamos creer que hay una liberación posible, cuando su celda se vuelve cada vez más pequeña, todos los días el tamaño de las ventanas disminuye. Es imperceptible a simple vista, pero basta con no ir a visitarla durante una semana para constatar los daños, la respiración más corta, el paso todavía más torpe, por lo que nuestras mentiras son cada vez más burdas.

Habla en un lenguaje preciso, médico, técnico, de la enfermedad, de los tratamientos, de los nombres de los medicamentos, de sus efectos; como todo buen enfermo, aprende el lenguaje hospitalario, lenguaje que Colombe se niega a retener, con palabras llenas de *x*, de *y*, de *mo*, de *qui*, de *gli*. Héloïse conoce la historia de los medicamentos, su evolución, las últimas novedades en Francia, en Estados Unidos, los fármacos punteros, revolucionarios, todavía en periodo de prueba, no homologados, testados en ratas, ratones, monos, los muertos, los protocolos, las autorizaciones, los laboratorios, su financiación, sus investigadores, no se le escapa nada.

Es metódica, analítica, concienzuda, perfeccionista y organizada, no se rebela. Analiza cómo luchar sin alzar la voz, con buenas maneras, sin flaquear jamás, sin rendirse nunca, por favor, cuál es el mejor médico, servicio o medicamento, quién sabe cómo acceder a ellos, conseguir una cita, el tratamiento; y logra cualquier cosa que se proponga.

2017

Desde que está enferma, Héloïse ya no es valiente, fuerte y sensible como antes. La enfermedad no le ha aportado nada, no la ha hecho mejor, no ha sido redentora, no le ha enseñado nada sobre sí misma, solo ha sido un largo y penoso suplicio.

2017

Héloïse sufre. Los dolores son físicos y morales. Se manifiestan de forma intensa y variable; a veces son punzantes; a veces graves, a veces sordos, profundos; golpean, desgarran, cortan, sierran, aumentan y disminuyen alternativamente, hieren, atacan; el dolor se desborda, sale a borbotones, ensucia, le estrangula los huesos, los pulmones, el hígado y el cráneo.

Héloïse se expresa sin rodeos, sin gesticular, ateniéndose a los hechos objetivos: me duele. A veces especifica dónde: en las tibias, en las lumbares.

La empatía no existe, nadie puede ponerse en su lugar ni tomar para sí una parte del dolor.

Colombe se siente impotente, no puede imaginar cómo es el sufrimiento de su amiga. Una quemadura, una contracción, un desgarro que viene de dentro, unas tenazas, unos martillazos incesantes en las piernas. Escribe tumbada, con el ordenador apoyado en los muslos, no le duele nada, está sana, busca sinónimos para dolor, desgarro, contracción, tortura, suplicio, trata de comprender algo que es imposible de compartir. Busca en sus recuerdos, un parto, un esguince, una caída, y comprueba que el dolor físico está olvidado; es la herida moral lo que vuelve una y otra vez.

Colombe mira a Héloïse, se ha dejado muy corto el pelo castaño. Ella, que siempre ha ido muy arreglada, ha vuelto a la belleza simple, escueta y sin género de su adolescencia. Se le ven más sus grandes ojos claros, es muy guapa, aunque el dolor le ha marcado nuevas arrugas en la frente. A veces la boca se le crispa, aprieta los dientes, separa las manos, casi siempre juntas, para frotar e intentar calmar la laceración en los huesos, los cólicos agudos que le destrozan el hígado, la opresión en los pulmones, nada se libra, nada está relajado, todo es sobresalto, todo explota.

El dolor sigue siendo inalcanzable, incomprensible para el otro.

Lo que más teme Héloïse no es el sufrimiento físico, sino «perder la cabeza», asistir a la disolución de una parte de lo que ella es: rigurosa, atenta y organizada.

El médico le ha aconsejado someterse a un nuevo tratamiento.

Pero ¿qué es peor para su ánimo: el tratamiento que puede destruir su vivacidad o la enfermedad que puede destruir esa misma vivacidad?

Colombe se acordaba de su madre, de sus últimos meses de vida, de cómo había perdido su humor melancólico, su visión ácida, pero nunca cínica, de las relaciones humanas, y se había ido apagando poco a poco. Sin embargo, había sido capaz de mostrar amor, el amor que siempre había ocultado por pudor y educación cuando todavía «se encontraba en sus cabales». No había sido «menos» ella misma, sino que se había vuelto mucho más tierna, menos tensa que antes, cuando aún era presa del todo de su terrible pasado.

Ese verano, el médico renuncia a hacerle un último tratamiento a Héloïse, que se queda en París, con su miedo. ¿Cómo me ves?, pregunta a Colombe. Dime si digo cosas raras, pierdo la cabeza, me repito, dejo de entender.

Colombe la escucha atención, no, no dices nada raro.

A Héloïse cada vez le cuesta más caminar, pero insiste en que quiere volver sola a su casa. Colombe la deja, únicamente cuando ya es demasiado tarde piensa en las tres plantas del elegante inmueble del siglo XVII sin ascensor donde vive, en la ancha escalera de piedra cubierta con una alfombra azul real y reproducciones de escenas de caza y cortesanas en las paredes. Sube peldaño a peldaño, sufriendo los embates de dolor a cada momento, la morfina la hace vomitar. Está viviendo una auténtica tortura, pero no dice nada.

2018

La muerte no existe. Sin embargo, ella va a morir. Todo el mundo lo sabe, es cuestión de meses.

Héloïse se guarda para sí lo que lee sobre su enfermedad en internet: las posibilidades de recuperarse (ninguna), el tiempo que le queda de vida (entre tres meses y un año), todo lo relacionado con el final de la vida. Colombe hace las mismas búsquedas, pero no lo comentan entre ellas.

2018

Colombe, Héloïse y su madre se reúnen para cenar. Las tres están en ese estado intermedio que no es la muerte ni la vida, sino más bien un borroso momento en el que el final deja de ser una incertidumbre lejana y aparece con determinación, cercando lo que queda de la vida de Héloïse, circunscribiendo cada conversación, cada gesto, con su gravedad. Es la última vez que cenan juntas, y tienen que seguir fingiendo por el bien de su madre, para que mantenga un aire de ilusión y de ese modo pueda dormir algunas horas esa noche. Cuando la madre de Héloïse y Colombe se quedan a solas después de que Héloïse se haya marchado ya a casa, la madre le dice:

—Se acabó.

—Ni hablar —le contesta Colombe.

2018

La habitación de Héloïse en el hospital Cochin no es triste, fea, ni huele mal. Es amplia y luminosa, con una gran ventana abierta que da a unos castaños y al sol.

Héloïse menciona a un amigo que debe ir a visitarla al día siguiente, trabaja para un laboratorio norteamericano, hay un nuevo tratamiento, los nuevos tratamientos son siempre revolucionarios, podría ayudarla. Colombe asiente con la cabeza, la anima, no intenta desmentir la fantasía del tratamiento revolucionario.

—Pasaré mañana a darte un beso —le dice Colombe a Héloïse, y se va.

Piensa en todas las despedidas frustradas. En la última mirada de su padre: está en una ambulancia y le hace un gesto con la mano por la ventanilla. Es una mirada triste que nunca le ha visto, ella le responde con una gran sonrisa, como si solo se estuviera yendo de vacaciones. En el último gesto de su madre, apretando el brazo regordete de su hijo. Fingimos creer que vamos a volver a vernos, hasta muy pronto, decimos sonriendo; su padre lo sabía, su madre lo sabía, Héloïse lo sabe, pero por cortesía con los vivos fingen seguir a su lado.

En la Edad Media, a la gente le daba miedo morir de repente, sin tiempo para prepararse, sin recibir las palabras y gestos adecuados, sin poder hablar una última vez con sus seres queridos para decirles lo que necesitaban decirles; la muerte estaba domesticada (como dice Philippe Ariès). Y morir solo, sin despedirse, era el mayor temor. Hoy nuestra muerte es innominada, salvaje.

2018

La noche en que muere Héloïse, Colombe vagabundea por las inmediaciones del hospital Cochin sin atreverse a acercarse. Le gustaría, pero no osa molestar a su familia.

Se sienta en un banco del boulevard de Port-Royal y espera la llamada de la madre de su amiga.

Esta le telefonea a la mañana siguiente. Habla con la misma claridad que su hija. Repite a Colombe lo que Héloïse ha dicho. Es difícil morir, le ha confiado, y su madre ha pedido a la enfermera que la ayudara a morir.

Para una madre es terrible oír decir a su hija: es difícil morir, pero Héloïse tenía la costumbre de hablar sin las pequeñas mistificaciones con las que embellecemos la realidad para poder seguir adelante.

2018

Nuestras muertes son tan injustas como nuestras vidas. Algunas son dolorosas, largas, penosas, crueles y violentas, mientras que otras son tranquilas: el corazón que se le para de pronto a una mujer sentada en un sillón de mimbre de su jardín; un hombre rodeado de su familia que acaba de acostarse y de repente emite un débil gemido, y ahí se acaba todo.

Hay una edad en la que la muerte es aceptable y otra en la que no lo es.

Cuando Colombe se quejaba a su tío de que un exnovio suyo, enfermo de cáncer, se negaba a verla, a responder a sus mensajes, él le explicó que morir es una larga y dolorosa tarea que solo puede llevarse a cabo a solas o con alguien muy próximo.

El tío de Colombe y su mujer se habían encerrado en su casa a esperar que a ella le llegara la muerte. Él murió diez años después. Un día fue al cine y volvió a casa cansado, esa misma noche murió.

Héloïse murió en una habitación de hospital acompañada por su madre, sus hijos, su primo, su novio y su exmarido.

2018

Se celebra una misa por Héloïse, la iglesia está llena, sus amigos van vestidos sobriamente, con colores claros, neutros y elegantes. El sacerdote, que no la ha conocido, pronuncia las típicas frases tristes de cuando una mujer, una madre, muere demasiado joven. En el cementerio, su hijo dice unas palabras, es tierno y sonriente, y Colombe recuerda las proezas de Héloïse en las clases de gimnasia, todos lloran discretamente. Después hay un cóctel en el piso de Héloïse, un camarero pasa minisándwiches de queso y unos *miniéclairs* de chocolate. Colombe ve a algunos amigos del Colegio Alsaciano que siguen viviendo en el mismo barrio o han vuelto a él y llevan a sus hijos a su misma escuela; hay algunas risas discretas, la gente recuerda a Héloïse con emoción. Colombe mira las fotos de encima de la cómoda: la de la boda, la de los niños con pasamontañas rojo y azul, la de ellas dos en bañador. Una mujer, la única persona vestida de negro, con huellas de rímel en las mejillas, ve cómo Colombe se marcha antes que los demás, es la socióloga de su infancia. La muerte hace desaparecer todo, piensa para sus adentros.

2018

Durante los últimos meses de la vida de Héloïse, Colombe no podía creerse que ella no fuera presa de ninguna enfermedad, que pudiera levantarse y correr, que nada la detuviera.

En los meses que siguieron a la muerte de Héloïse, Colombe estaba abatida, llamaba Héloïse a todas las mujeres con las que se encontraba. Un año después lo sigue haciendo, la echa de menos en todas partes, pero al mismo tiempo tiene unas ganas de vivir casi delirantes que no se esperaba.

Está viva y el sol de ese septiembre es muy brillante.

Se queda dormida con este pensamiento: haz que muera. ¿A quién se dirige? Ni idea. ¿Quién tendría el poder de hacerla morir antes de tiempo, puesto que no cree en Dios y no va a suicidarse? Durante el día, se ríe, se maravilla, desea, camina, se despierta con esa increíble sensación: no está enferma, nada la aprisiona, qué alegría, y esa alegría, esas ganas de disfrutar de todo, de tomar un sorbete de pera demasiado frío, de caminar por las calles soleadas, es tan viva como la tristeza por la desaparición de su doble. Puede, sin esfuerzo, sucumbir a esa orden exasperante, actual, de disfrutar de todo lo que la vida le ofrece.

2018

A Colombe le gustaría hablar de Héloïse, pero los muertos no interesan a nadie.

Llama a la madre de Héloïse.

Quedan para cenar.

Todo el mundo es muy amable conmigo, le dice la madre, pero nadie se atreve a mencionar a Héloïse.

2018

Colombe llega a una edad en la que conoce a mucha gente que ha muerto, cada año tiene que borrar de su teléfono móvil algunos números; siempre espera demasiado para hacerlo, seis meses, un año, nunca se sabe; otra fabulación: ¿y si la persona muerta vuelve y se entera de que la han borrado por las buenas, sin darle la oportunidad de reaparecer, de que han hurgado en sus armarios, leído sus e-mails, repartido sus posesiones y regalado su ropa? Hay que esperar un poco, piensa Colombe, estar segura de que el muerto está bien muerto. Después llega la pena de haber borrado los mensajes y los intentos de acordarse del número para volver a llamarla. El número no ha sido asignado todavía a ningún otro abonado, el sonido de la llamada resuena en el vacío.

También ha llegado a la edad en la que a un antiguo compañero de clase le nombran ministro del Gobierno. Ve su rostro envejecido en televisión, le gustaría telefonear a Héloïse y decirle: sigue siendo atractivo, ¿verdad? ¿Con quién podrá compartir sus pensamientos más banales a partir de ahora?

2018

Desde que a Colombe la han dejado plantada tiene un dolor persistente que hace que desee morir, pese a gozar de una salud excelente. No conoce a nadie tan en forma como ella, nada tres kilómetros a la semana, come ensaladas, duerme nueve horas por la noche, se echa la siesta, nunca está enferma, nunca la han operado, no ha pasado ni una sola noche en el hospital, qué desperdicio de excelente estado físico y de buena salud, Héloïse habría sabido qué hacer con un cuerpo tan vivo como el de Colombe.

Héloïse, una muerta en plena vida, cuando hay tantos vivos muertos, con vidas repetitivas, aburridas, sin deseos, piensa Colombe, entonces se obliga, se levanta y sigue adelante.

2019

Ha pasado ya un año desde que murió Héloïse. La vida de su amiga es la única que Colombe ha podido observar en su totalidad, desde el principio —con once años, el inicio de secundaria, con todas sus promesas— hasta el final, a los cincuenta y dos años.

Colombe contempla las distintas etapas de la vida de su amiga, los Kickers y los patines de ruedas en los pies, sus buenas notas y su primera discoteca, sus títulos y la declaración de amor de su futuro exmarido, sus empleos, sus bebés, la muerte de su padre, su divorcio, su decepción ante los compromisos no mantenidos. Dos vidas paralelas hasta que una de las dos se detiene y la otra debe contentarse con los recuerdos. Colombe no está de acuerdo con ello, un recuerdo no es nada.

Sin embargo, a Colombe le gustaría compartir sus momentos felices con Héloïse, anécdotas que bosquejen cómo era su amiga, pero se enfrenta a una bruma gris, la de su enfermedad y su muerte, donde solo flota la pena por todo lo que ha quedado inconcluso.

2019

Colombe descubre la cuenta de Instagram de Héloïse. No ha sido cancelada.

Estaba enferma, subía imágenes del mar en Cancale (Bretaña), en Gruissan (Aude), de caminos y flores en Giverny (Normandía), de viajes con su novio, de mimosas, #divinasorpresa, de cielos azules, #azul, del Monte Saint-Michel, de la abadía de Fontvieille, de cipreses, de vuelos de gaviotas, y escribía «zenitud», #primavera #feliz. Le dio tiempo a viajar a Asuán, #terrazaconvistas #nilo, y a Nueva York, #bigapple, #viewfromthesea. También fue a Venecia y Menorca, #mar, #belleza, la última imagen que subió fue la de una torre Eiffel iluminada, y escribió por última vez #parismonamour.

Héloïse mantuvo su promesa de vivir bien hasta el final.

2019

Colombe pensó durante mucho tiempo que el amor era lo principal y la amistad era secundaria, que en nuestras relaciones había una jerarquía.

Para ella, la amistad es fácil, evidente, sin esfuerzo, duradera, mientras que el amor siempre se acaba.

Héloïse la conoció con un aparato dental y nunca la abandonó. Se veían mucho, después menos, después otra vez mucho, sin fricciones, sin rupturas, sin reproches.

Héloïse no le exigía nada, Colombe podía tener otros amigos, Héloïse no era celosa, no había rivalidad entre ellas, ni normas, porque la amistad te compromete y te protege sin las constricciones y las obligaciones de la pareja. Hay miles de maneras de ser amigos, mientras que solo hay unas pocas maneras de estar en pareja. La sociedad tiene un gran interés en la pareja amorosa y le impone una serie de normas: hay que tener hijos, frecuentar a la otra familia, vivir juntos. En cambio, no impone ninguna norma a la relación de amistad, la deja libre.

Colombe no ha tenido todavía un amor sólido y duradero, pero está rodeada de amistades así; Héloïse era una de las más antiguas, una de las grandes testigos de su vida. Colombe comprende que la amistad de Héloïse ha sido una fuerza más fiel y duradera que muchas de sus relaciones amorosas. Y no porque la amistad sea un vínculo secundario o menos exigente que el amor, sino porque es un vínculo sin modelo, sin normas.

2019

Colombe tiene que llamar a Héloïse, hace mucho tiempo que no sabe nada de ella, sigue sintiéndose un poco culpable por haberla dejado de lado cuando tenían veinte años a causa de su pijería. Desde entonces es casi siempre Colombe la que llama a Héloïse, raramente a la inversa.

Y entonces se acuerda: Héloïse ha muerto.

Héloïse se preocupaba a menudo por Colombe: ¿cómo te las vas a arreglar sin un sueldo, con un éxito desigual como escritora, con una vida amorosa tan incierta?

Quería darle dinero. No quería que se implicara con aquel tipo. La miraba alarmada con sus ojos redondos. Era sensata, ahorraba, reciclaba, invertía, enviaba unos currículums vitae perfectamente redactados y cartas de presentación, se reunía en La Défense con directores de recursos humanos, consultores y *coachs*, hacía listas de sus puntos débiles, su timidez, su falta de seguridad en sí misma, de sus puntos fuertes, su sentido organizativo, su meticulosidad, ¿cómo te las vas a arreglar?, le preguntaba a Colombe una y otra vez. Había encontrado un nuevo empleo en el que le pagaban un sueldo muy ajustado. ¿Crees que es suficiente? ¿Habría podido conseguir más? Describía el despacho, el proyecto y a su jefe con el mismo lujo de detalles que a su nuevo novio, su empleo, la calle en la que vivía, su título; el nuevo novio estaba sentado en el sofá de casa de ella y la miraba como si nunca hubiera visto una mujer tan excepcional. Héloïse miraba a Colombe desolada, como de costumbre, estaba sola y sin un trabajo como es debido. Cuando Colombe tenía por fin una buena noticia, la esperanza de algo estable en lo tocante al dinero, al amor, algo frecuente en ella, Héloïse se mostraba realmente contenta y aliviada.

Colombe se interesa finalmente por la carrera profesional de Héloïse y lee su perfil en LinkedIn, que tampoco ha sido borrado; es una forma de saber sobre ella.

*Máster en la Essec Business School. Primera promoción de
la cátedra LVMH-Gestión de productos de lujo 1989-1992
Licenciada en Ciencias Políticas. París.*

*Como profesional de la comunicación especializada en
influencia y gestión de crisis, tengo experiencia en sectores
expuestos y fuertemente regulados (farmacéuticas, casinos,
finanzas, empresas de servicios/energía). Poseo un sólido conocimiento de las problemáticas sociales y de la responsabi-
lidad social empresarial, combinado con una gran capacidad para las cuestiones relacionadas con la normativa en
una gran variedad de sectores.*

*Mi doble trayectoria en empresas y en agencias como con-
sultora ejecutiva me ha permitido desarrollar estrategias para
la comunicación y la adaptación al cambio, y asegurar su
implementación operativa con el fin de beneficiar la reputa-
ción de las empresas y la defensa de sus intereses estratégicos.*

Colombe está impresionada, si ella hubiera sido jefa, habría nombrado a Héloïse superjefa.

Quizá su franqueza para decir lo que no sabe, su ho-
nestidad para decir lo que no se debe hacer, su integridad para decir lo que es posible, su inteligencia rigurosa
para decir de qué forma hay que hacerlo a fin de que sea
posible no se adecuaran a lo que se exige para «labrarse
una carrera» en una empresa capitalista.

2019

Héloïse no estaba enfadada por la traición de su cuerpo o por la incapacidad de los médicos para curarla; siempre se sometió a las normas, a lo que se esperaba de ella, a la moralidad, intentando reaccionar de la mejor manera posible, plegarse a lo que debía ser una mujer en un medio burgués. Una chica amable, una buena alumna, una buena estudiante, una buena esposa, una buena madre y una buena empleada. Nunca se rebeló, tenía una lealtad inquebrantable hacia los suyos, pero se entristecía cuando las cosas se torcían. No entendía por qué, si lo hacía todo bien, si obedecía, no la felicitaban por sus esfuerzos, por qué no había obtenido ese título, por qué el director del máster había elegido a chicos con unas notas menos buenas que las suyas para las mejores prácticas, por qué le mentían, por qué la traicionaban, por qué no había conseguido ese ascenso en esa gran empresa cuando, sin embargo, su superior le había asegurado que, a la vista de sus resultados, el puesto era para ella, por qué nunca era lo bastante buena, por qué le reprochaban su falta de ambición y, cuando la tenía, la mostraba y trabajaba seriamente para conseguir un puesto, nunca era para ella, por qué la humillaban. Jamás buscó la respuesta en otro lugar que no fuera en sí misma. Siempre era ella la que tenía la culpa. No podía salirse del papel que le habían asignado, el de una joven dulce, sonriente y bien educada, bien vestida y bien peinada, siempre al servicio de los demás. Nunca quiso abandonar ese papel, ni siquiera durante la enfermedad: obedecía a los médicos sin resistencia, confiaba en ellos, seguía las reglas establecidas, incluso las dolorosas; tal vez solo en el amor, en la búsqueda amorosa, encontró un margen de libertad, donde pudo reflexionar sobre las posibilidades y los encuentros que la vida le ofreció hasta el final.

Colombe descubre que, después de divorciarse, Héloïse tuvo un amante secreto; estaba casado, fue a verla al hospital justo antes de que ella muriera y asistió a su entierro sin hablar con nadie.

2020

Colombe no está preparada para enfrentarse a una nueva muerte y evita ir a ver a una amiga de más edad que está enferma y sabe que va a morir. El marido de la amiga no le da opción: «Le gustaría despedirse de ti». Colombe busca excusas sin éxito, se encuentra en un pasillo de la sexta planta del hospital Bichat, el marido de su amiga la recibe con los brazos abiertos, la acompaña hasta la habitación y la deja entrar sola. Está aterrorizada.

Su amiga está ahí, enfrentándose a la muerte.

Va vestida con un elegante y bien planchado pijama de rayas azules y blancas, y está maquillada, con los labios pintados de color rosa fucsia y los párpados haciendo juego con sus ojos azul eléctrico. Colombe sigue sin saber qué decir a alguien que se va a morir, de modo que la felicita por su atuendo y por su maquillaje. La amiga le responde entonces: «El pijama es un modelo antiarrugas de hombre de Brooks Brothers y el maquillaje es Make Up For Ever. No está nada mal como atuendo para morir, ¿verdad?».

Colombe asiente.

La amiga le cuenta que ha planeado su funeral, le gustaría que pusieran música de Bob Dylan y que todos bebieran champán rosado. «Lástima no poder estar con vosotros», añade sonriendo. Le dice también que le hubiera gustado vivir al menos cinco años más para disfrutar de su marido, de su amor, pero qué se le va a hacer. Le pregunta sobre su novio y se indigna cuando Colombe le explica que la relación ha terminado y que todavía no ha entendido por qué. La amiga le dice: «Disfruta de la vida, no te dejes arrastrar por un hombre que no tiene unas espaldas lo bastante anchas para compartir contigo las alegrías y los sufrimientos».

Colombe le dice que la admira por la vida que ha llevado, por su generosidad, por haberse pintado los labios, por hablarle de la muerte con tanta sencillez, después se despiden y se besan.

Cuando Colombe sale de la habitación, algo muy importante ha sucedido en su interior.

Ya no le da miedo la muerte.

Por fin puede concebir su muerte; aun así, confía en que no le llegue demasiado pronto, que le deje todavía algunos años para amar a un hombre ancho de espaldas y grandes brazos como el marido de su amiga.

2020

Héloïse se preocupaba por Colombe. Deja de darle vueltas a todo. Sigue adelante. Olvídate de lo que no funciona.

Colombe hace lo contrario, está obsesionada, pierde el tiempo, se atormenta con algunas cosas que le han sucedido y con la gente a la que ha perdido, y espera que vuelvan, aunque ya estén muertos o hayan desaparecido de su vida. Es lenta en procesar la tristeza, después, sin razón, le parece increíble la vida que le ha sido dada. Se siente cada vez más eufórica por estar viva, sigue triunfando sobre la muerte, puede seguir aprendiendo, progresando, realizando sus sueños.

De ese modo, Colombe persevera en escribir este texto, aunque sabe que escribir no es un consuelo, ni leer tampoco; y, sin embargo, de pronto una frase da paso a una pequeña alteración en el orden de las cosas, y esa alteración es lo que le permite continuar, antes de que le llegue la hora de la muerte.

En el funeral de Héloïse, el cura les dijo a su madre, a sus hijos y a su novio que «ella había resucitado». Colombe estaba enfadada, le parecía que ese hombre no era mejor que un vidente de la peor calaña que, para que agachemos la cabeza y no nos rebelemos, nos hace concebir ilusiones anunciándonos que el príncipe azul y la suerte están a punto de llegar.

A todos nos gustaría que la vida se enderezara, que hubiera un atisbo de optimismo, que al final del libro el autor ofreciera a sus lectores un «mensaje de esperanza», los típicos lugares comunes destinados a consolarnos que se transmiten de funeral en funeral, de entierro en entierro, de pena en pena, «Aquellos que nos han dejado son invisibles, pero no están ausentes», «Vuestros muertos os miran y os protegen», «Con las personas a las que amamos el silencio no existe». Estas palabras no son verdad. Los muertos están muertos, no resucitan. Colombe ahora lo sabe. Lo que nos queda de nuestros muertos son imágenes borrosas, centelleos demasiado rápidos, recuerdos ya deformados, y su afecto, que vive en nosotros.

La ternura del crol

*Como sigamos así, nos va a detener
la policía del amor.*

MAGGIE NELSON,
Los argonautas

Una semana después de que hiciéramos el amor por primera vez, me cambió el neumático trasero de la bicicleta. No sé cómo se las arregló, porque la bicicleta estaba candada y él no tenía la llave. Esa noche vino a cenar a mi casa y dejó sobre la mesa de la cocina una bolsita de papel rojo con purpurina en la que había una nueva cámara de aire metida en la cajita amarilla y azul de Michelin. Coloqué la cajita con el hombrecito saludando en la repisa de la chimenea, junto al ramillete de nardos que también me había regalado. Fotografié el conjunto, el envase amarillo con la cámara de aire y el ramillete de nardos, diciéndome que nunca me habían hecho un regalo tan oportuno y también que debía conservar una prueba en el caso de que todo aquello, el amor, él, desapareciera alguna vez.

Se llama Gabriel. No conozco a nadie como él. Es alto, tiene las espaldas anchas, cuerpo de atleta y unos gestos tranquilos y concisos. Sin embargo, la primera vez que tomamos una copa juntos, se equivoca de cafetería, llega tarde, pide un kir y lo vuelca. Me mira con asombro y me dice que no suele pasarle.

La primera vez que lo había visto, él tenía doce años y yo, quince. Nos reencontramos después de treinta y cinco años, hacia finales de septiembre.

El ramillete de flores hace mucho tiempo que se marchitó, la cajita sigue ahí, un poco escondida para no ponerme demasiado nostálgica al ver la mano del hombrecillo blanco levantada hacia mí de forma amistosa.

Antes de él, siempre me decepcionaban los regalos que me hacían, y cuando pienso en mis reacciones, en mi decepción, tan mal disimulada, me avergüenzo. Todavía me avergüenzo al recordar la cara que puse cuando el padre de mis hijos me regaló una sortija de oro con una piedra verde traslúcida. Era 2001, mi madre estaba muriéndose, hacía diez años que mi padre había fallecido y yo sencillamente no quería nada. Los regalos que no provinieran de ellos no me interesaban. Esperaba el regreso de mi padre, cargado de presentes, esperaba que mi madre me abrazara, algo que nunca había sido capaz de hacer. Yo ya no sabía cómo era que alguien te amara. Llegó Gabriel, me tomó en sus fuertes brazos y no me estrechó demasiado, me dejé llevar. Así que eso era el amor. Lo había olvidado.

Había conocido una sucesión de hombres, pero pasaba más tiempo imaginándome el amor que viviéndolo. Me daba tanto miedo la realidad.

La primera vez que Gabriel y yo cenamos juntos, sentados el uno enfrente del otro, él se dio cuenta de que yo estaba inquieta, de que no podía sostenerle la mirada. Esa primera noche me confesó que había descubierto un par de vídeos sobre mí en internet y que, observándolos con atención, había podido comprender unas cuantas cosas.

—La forma en que mueves las manos, te subes las mangas del vestido y te alisas un pliegue imaginario cuando alguien se dirige a ti, y también cómo te tranquilizas cuando tomas la palabra. ¿Tanto miedo tienes a la incertidumbre?

Yo asentí. Regresé a casa desarmada.

Una semana después, el último fin de semana de septiembre, quedamos en los jardines de Luxemburgo. Era nuestra tercera cita. Yo buscaba preguntas para hacerle, pero no se me ocurrió ninguna interesante. Me sentía patosa. Fuimos a por un té al chiringuito. Insistí en pagar.

Volvimos a tomar nuestras bicicletas a la salida de los jardines. Él se dio cuenta de que uno de mis neumáticos estaba sin aire.

Me propuso pasar por su casa para buscar herramientas e hincharlo. Subimos. Lo observé todo. Unas cajas que estorbaban en la entrada, la mesa de madera de la cocina pintada por él mismo de un azul brillante, el techo del salón abarquillado, daños causados por el agua, me explicó, y un sofá desfondado que había encontrado en la calle y estaba cubierto con unos cojines de dudoso pedigrí. Las herramientas se hallaban ordenadas en cajas de plástico de Ikea que hacían las veces de armarios. No nos entretuvimos mucho.

Le propuse pasar por mi casa «para comparar nuestros pisos». Vivimos a cinco minutos a pie el uno del otro. Mi casa es la típica donde hay velas aromáticas y donde cada mueble ha sido elegido con el fin de ser fotografiado en el caso de que el representante de la policía del buen gusto de una tienda de decoración aparezca sin avisar. Yo siempre quería conseguir la mejor puntuación. Pensé que había ganado, pero me equivoqué. Mucho más tarde, descubrí que Gabriel era un esteta, que tenía un gusto peculiar e interesante.

Yo tenía otra idea en mente. Había observado su cuello, la curva de los hombros asomando por la camisa. Nos tumbamos en el sofá, cubierto con una tela acolchada india en tonos marrones y rosas, y empezamos a conversar. Nuestras diferencias se desvanecieron. Dejé de sorprenderme. Todo parecía sencillo y obvio.

Su hermana llamó por teléfono, pero él no respondió. Más tarde, escuchó su mensaje, la voz de ella era fuerte y cálida. Lo llamaba «mi querido hermano» y le decía que le echaba de menos. Aquello me afectó, sobre todo porque mi relación con mi hermana y mi hermano había sido muy difícil desde la temprana muerte de nuestros padres.

Fuimos a la cocina y tomamos una tostada, era todo lo que tenía para ofrecerle. Volvimos a tumbarnos en el sofá. Pasado un tiempo, aunque estábamos fuera del tiempo, me besó. Hicimos el amor en el sofá y luego en mi habitación.

Estábamos desnudos el uno junto al otro, su boca en mi cuello, le oí susurrar: es demasiado pronto para decirte lo que tengo que decirte.

Yo no quería oír nada, él no era para mí, éramos muy diferentes, yo quería pintar el techo de su salón, cambiar su sofá y tirar los cubos de almacenaje de plástico de Ikea. No teníamos nada en común, lo nuestro no iba a ninguna parte. Sentía demasiado miedo para admitir lo contrario.

Una semana después de aquella primera noche volé a Beirut. La víspera de mi partida, me dijo con sencillez que estaba enamorado de mí, que sería muy paciente y que haría todo lo posible para que me enamorara a mi vez de él.

Yo le besaba todo el cuerpo, pero la palabra «amor» se me había atragantado.

—Somos tan diferentes, ¿crees que podríamos construir algo juntos? —le pregunté.

El día de mi partida, me envió un breve mensaje: «¿Puedes hablar?».

Me entró pánico. Seguro que le había dicho algo que le había molestado, ya no me quería, se había dado cuenta de que yo no estaba a la altura, que tenía demasiados defectos, había adivinado mis pensamientos tan negativos sobre nuestra relación. Había juzgado mal su sofá y su techo abarquillado, amaba a otra mujer, una mujer estupenda, una mujer sin ideas preconcebidas sobre decoración, o peor, estaba enfermo, su enfermedad era incurable, mejor que no hubiera nada entre nosotros.

Me obligué a llamarlo, fingiendo indiferencia.

Quería desearme un buen viaje y decirme que había encontrado un punto en común entre nosotros: teníamos la misma marca de lavavajillas.

Me reí. Me sentí aliviada, no le amaba, yo tenía razón, no teníamos nada que ver.

A la noche siguiente, le dije por WhatsApp que había tenido miedo de lo que quería decirme, que había imaginado que había cambiado de opinión. Se dio cuenta de que yo tenía tendencia a dar rienda suelta a mi imaginación y a asumir siempre lo peor como una certeza.

Me contestó que no tenía sentido que me proyectara en un futuro que, por definición, era incierto, imaginando calamidades. La vida, era verdad, se cargaba a veces de penas, pero, lo mismo que las buenas noticias, nunca se podían dar por seguras.

¿Podía entonces contárselo todo sin temor a que se burlara de mí? De ese modo, me encontré confesándole sin miedo que estaba enamorada de él.

En nuestros nueve meses de relación, el miedo se volvió a apoderar de mí.

Me lo imaginaba a veces con otra mujer, pero casi siempre desaparecido, herido, muerto.

La última vez que me preocupé por nada, debía reunirse conmigo en la piscina. Me había avisado de que llegaría tarde. Me puse a contar los largos a braza y a crol, diez de cada, y seguía sin llegar cuando completé los últimos diez a espalda. No aparecería, se había olvidado de mí, me había dejado, había tenido un accidente de bicicleta, estaba en coma, había muerto. Bajo la ducha, intenté razonar conmigo misma para alejar todos aquellos pensamientos, pero no lo conseguí. Ya en el vestuario, busqué mi teléfono sin siquiera secarme.

Me había dejado varios mensajes. «Amor mío, se me ha olvidado el bañador, te espero en la entrada de la piscina».

Afirmaba que tenía claro el amor que sentía por mí, me repetía que yo era «la mujer de su vida», pero que no podía asegurarme nada, que el amor entre un hombre y una mujer, contrariamente al amor por un hijo o un padre, no era inquebrantable.

Él trataba de encontrar una complicidad entre nosotros que todavía no existía.

Yo debía acostumbrarme a la incertidumbre de nuestro amor.

Gabriel era músico. Al mes de volver a encontrarnos, me compuso una canción, la interpretó para mí acompañándose del piano. Se titulaba *El despertar de Colombe*. Como había estado ilocalizable durante todo el día, me había preocupado: ¿se habría olvidado ya de mí?

No, había estado escribiendo esa canción y yo no lo sabía, yo era como esos niños que creen que, cuando alguien se tapa el rostro con las manos delante de ellos, ha desaparecido para siempre.

Me llamaba mi amor con su voz tan sensible, me prometía un amor sincero y sin dolor, días felices, sin temor y para siempre. Yo estaba tan emocionada escuchándole que tuve que tumbarme en el suelo de mi habitación. Me lo creía, al igual que él, qué ingenuos éramos, porque el amor sincero no existe.

Te quiero con locura, no dejaba de repetirme también.

Un sábado de noviembre, Gabriel alquiló una Kangoo para transportar nuestras bicicletas. Lo organizó todo cuidadosamente. Reservó una mesa para almorzar en un restaurante muy chic con cortinas de flores amarillas, como los que se encuentran en algunos pueblos pequeños, donde te sirven de aperitivo foie gras y salmón ahumado. El pueblo estaba a pocos kilómetros de la casa de vacaciones de su familia, donde nos habíamos visto por primera vez hacía treinta y cinco años, y de otra casa de vacaciones, la de mis padres, a la que yo no había vuelto desde que habían muerto. Era como una pequeña localidad fronteriza entre el pasado —su familia, su casa, mi familia o lo que queda de ella, mi casa— y algo que cobraba forma entre nosotros.

Le mostré la tienda de periódicos donde mi padre compraba *Le Monde* todos los sábados por la tarde, y también la carnicería, donde me invitaban a unas rodajas de salchichón cuando iba con él los domingos por la mañana. Gabriel me toma por los hombros.

Mientras caminamos, siento su mano sobre mí y, en ese momento, me reconcilio con algunos de mis recuerdos familiares. Para ser más exacta, los buenos recuerdos prevalecen sobre los malos: la muerte prematura de mis padres, la soledad y el miedo desaparecen.

El hotel-castillo, donde había reservado la habitación más bonita, con una cama con dosel, estaba inmerso en la niebla. Sacó de su mochila una botella de champán y unas frambuesas.

Nos quedamos encerrados en la habitación hasta la hora de la cena.

Fotografié la cama deshecha después de hacer el amor. Quería tener una prueba de que aquello era real: las altas ventanas que daban al jardín, el revestimiento de madera del cuarto de baño, la cama enorme, su cuerpo. Todos los sufrimientos pasados cobraban un sentido, acababan en ese momento. Todo era real, pero no podía por menos de imaginarnos todavía como los protagonistas de una historia.

Nos habíamos conocido de adolescentes, vuelto a ver, enamorado, esta vez sería una historia con un final feliz.

A la mañana siguiente conseguimos por fin salir. En la linde del bosque, me señaló una cierva. Me contó que hacía un año, sintiéndose solo en aquel hotel de los Pirineos, había salido a correr por la mañana temprano. Un ciervo se le cruzó en el camino. Lo interpretó como una señal de esperanza: conocería a una mujer que lo amaría y a la que él correspondería. La cierva se detuvo a unos cien metros, nos miró tranquila y luego desapareció en el bosque. A Gabriel también le gustan las historias con final feliz.

Por la tarde nos paramos en una granja. Cada uno de nosotros compró un pollo para sus hijos y unos huevos. Por la noche, cuando regresamos, yo cociné los huevos pasados por agua y él cortó unas tiras de pan fresco para mojar.

—No necesito candelabros ni foie gras —le dije—.
No quiero ser una princesa que sueña con un príncipe
azul, mi único deseo es compartir contigo unos huevos pasados por agua en la cocina un domingo por la
noche.

Cocinó un pastel de carne cuando supo que era uno de
mis platos favoritos. No era cocinero, no era algo que le
divirtiera, pero fue a hacer la compra, preparó un puré
de patata, hizo un guiso de carne con salsa de tomate y
lo trajo todo a mi casa. Yo estaba impresionada, ¿no era
demasiado?

Él piensa que hay que luchar para ser amado. Se plie-
ga a todos mis deseos.

Mucho más tarde, me escribió: «El sueño de conseguir algo tan inútil como fuera de mi alcance me exalta».

Él desea conseguir la perfección. Yo desconfío de ella,
conozco demasiado bien mis defectos.

Me enseñó que tenía un cuerpo. Antes de conocerlo a él,
no lo tenía, mis brazos, mis piernas, mi cuello y todo lo
demás formaban parte de mí, pero carecían de relevan-
cia. No los apreciaba, no era consciente de ellos, apenas
les prestaba atención, siempre estaba encorvada, torcida.
Alimentaba, movía mínimamente mi cuerpo con algunas actividades físicas: caminaba y montaba en bicicleta.

«Tu cuerpo es tan importante como tu mente», me repetía Gabriel. Yo estaba sorprendida. En mi familia, únicamente cuando nuestro cuerpo está enfermo lo cuidamos, lo auscultamos, lo palpamos. «¿Te duele aquí si te aprieto?». Yo entonces me lo pregunto a mí misma: «Sí, quizá». «¿Cómo es el dolor?: ¿agudo?, ¿punzante?». Tardo un poco de tiempo en contestar: «No demasiado», «¿Qué tal el muslo, el tobillo, la muñeca, el estómago?». Está claro que ese miembro o ese órgano, que la mayor parte del tiempo me resulta indiferente, existe.

Debe permitirme moverme, levantarme, sentarme, alimentarme, caminar, correr si es necesario. Con eso me basta y me sobra. Me han educado así: no tenemos cuerpo, no hay que tocarlo; es vergonzoso y ridículo interesarse por él, no hay que atenderlo, solo ocupa un lugar si está afectado, si duele, en ese caso se puede hablar de él, pero no demasiado, porque la queja está prohibida.

¿Cómo amar, cómo tener sexo si descuidamos nuestro cuerpo? Tendríamos que reapropiárnoslo por encargo. Exploro el cuerpo de Gabriel, la yema de sus dedos y el pliegue de detrás de la rodilla, le agarro el tobillo con firmeza, le toco el límite entre el cuello y el cabello, la línea de los glúteos, la comisura de los labios, el interior de las mejillas, la fosa nasal, la axila, la areola del pecho izquierdo, luego la del pecho derecho, cada testículo, adivinando dónde es más fina, más sensible, la piel. Poco a poco le abandono mi cuerpo, le dejo hacer lo que quiera con él, ya casi no tengo miedo. El sexo es un juego sin fin, hay infinitas formas de ser tocada, acariciada, penetrada. Me propone nuevas normas que yo acepto con alegría. Alcanzo un destino nuevo que, antes de estar con él, no conocía. A veces vuelve el miedo.

Me sugiere acompañarlo a la piscina. Voy con él, hay pelos caídos en el suelo de las duchas. Bajo la luz fría, nada está a salvo: cicatrices, celulitis, varices, arrugas, pliegues, redondeces, manchas en la piel. El cuerpo no es perfecto, pero podemos enseñarlo.

Todos se tiran al agua con el mismo entusiasmo. Baten las piernas, extienden los brazos, comparten la misma agua y el mismo esfuerzo. ¿Debo pertenecer a ese grupo? No sé si me apetece realmente. Observo a Gabriel, su cuerpo inmenso y musculoso, el bañador negro, la toalla color naranja con un estampado de Snoopy, el vigor y la calma de sus movimientos. No quiero decepcionarle. Así que me tiro al agua y empiezo a nadar a braza, despacio. Tengo frío, me golpeo el pie izquierdo con la corchera flotante y me da un calambre, se me queda rígido. Intento algo parecido al crol, pero me detengo sin aliento al final de un largo. Continúo nadando porque él continúa nadando, porque los otros cuerpos más viejos —con más cicatrices y celulitis, pelos grises y blancos, gorros y gafas, y bañadores que son meramente prácticos— continúan. Me hago treinta y tres largos de braza suave, un kilómetro.

A pesar del gorro, tengo el pelo mojado y unos círcu-
los rojos alrededor de los ojos por las gafas. Me huele la
piel a cloro y tengo la nariz brillante.

Está bien, me dice Gabriel, pero no es suficiente,
añade más tarde. Me enseña la posición de las manos,
del cuello, el alargamiento de la espalda. Me muestra las
diferentes brazadas, cómo hay que poner la mano en án-
gulo para que corte el agua sin resistencia, relajar el
hombro mientras se proyecta lo más lejos posible, man-
tener el codo alto durante una fracción de segundo, y
alargar la muñeca para ganar centímetros. Reproduce la
posición de las manos, que deben sumergirse suavemente en el agua. Lo miro, trato de imitarlo, pero soy una
torpe principiante. Me descubre con paciencia un mundo, el del cuerpo, desconocido para mí, un mundo donde las palabras son innecesarias, cuando yo lo único que
sé hacer es hablar. Me anima a mirar y a sentir, no salgo
de mi asombro. Tengo que progresar, me explica. Alcanzar la perfección, en todo. Me aconseja que vea unos vídeos del campeón del mundo Michael Phelps nadando a
cámara lenta, lo suyo es una danza magnífica.

Me hace descubrir una gracia poética del cuerpo que
hasta ese momento me era ajena, es una sustancia nueva,
la carne, el músculo, la piel, el flujo de la sangre, los pelos, las uñas, todo estaba aprisionado y debe desplegarse.

Hay que prestar atención al hombro, al codo, a las
vértebras, al pulgar, saber cómo colocarlos, desplazarlos,
extenderlos, relajarlos, mantenerme recta, sentir cómo la

muñeca se relaja y se tensa de nuevo. Lo intento, no lo consigo, me lo muestra otra vez. La explicación no pasa por el pensamiento, hay que repetir el gesto, que se convierta en una parte de uno mismo. Todavía no sé nada de esto. Tengo mucho que aprender, pero no es el típico aprendizaje con libros al que estoy acostumbrada; el mundo de las sensaciones es un mundo inexplorado, paralelo. Empiezo como si lo hubiera entendido, finjo, pero ese fingimiento ya está cumpliendo su efecto. Me corrijo. No es suficiente. Sigo teniendo miedo, me sorprende, se me hace un nudo en el estómago. Razono conmigo misma, no tengo motivos para sentir miedo, si no ha acudido a la cita es porque debe de haberle surgido algo en el último momento y se le ha olvidado el teléfono. El pánico me domina, la razón no me sirve de nada. Ha desaparecido, está muerto o herido, ya no me quiere. Está ahí, me toma de la mano y me tranquiliza.

Vuelvo a la piscina, con él. Después, nos premiamos con un kebab, cuya salsa me gotea encima del abrigo; todo me parece estupendo.

Gabriel me hace un montón de preguntas, quiere saberlo todo sobre mis relaciones amorosas pasadas. Yo hablo y él me escucha.

Le cuento todo libremente porque no me juzga. Me habla a su vez de su vida, de sus amores. Hemos hecho un número sorprendente de elecciones similares, no necesariamente las correctas, y eso nos divierte.

Su gran cuerpo, tan sólido, tan moreno, una fortaleza que se emociona con nada y corre el peligro de romperse.

Mi primer amor es mi profesora de primero de primaria, Marlène Gauneau, una mujer alta, morena y elegante, con traje sastre gris y blanco. Me llamaba Colombina, mientras que mi madre, la hermosa Hélène, tan púdica, encerrada para siempre entre las paredes del convento donde permaneció escondida durante la guerra, nunca pudo dirigirse a mí con ningún apodo afectuoso. Marlène Gauneau escribe en mi boletín de notas: «Un día Colombe se olvidará de dónde ha dejado su cabeza, o también «Colombe parece frágil, pero es solo una apariencia, ya que es muy decidida». Me quiere a pesar de mis defectos. Yo la quiero sin más.

El primer día de clase, nos lleva a la biblioteca de la escuela y nos empieza a leer un cuento; al cabo dos páginas se detiene y nos dice que solo cuando sepamos leer podremos saber cómo continúa. Mi apetito sin fin por la lectura comienza en ese momento. Estoy enamorada de Marlène Gauneau.

Al año siguiente, estoy enamorada de Martine, una cuidadora del comedor con el pelo rubio y encrespado. Nos cuenta sus salidas nocturnas a algunos de los restaurantes de Montparnasse.

Estoy fascinada con su pelo y con sus salidas a los restaurantes, la quiero.

También estoy enamorada de una niña de mi clase, Christine, todo el mundo quiere ser amigo de ella. Tiene el pelo rubio cortado a tazón y es amablemente regordeta: te entran ganas de darle un gran abrazo. Yo soy todo lo contrario: una niña demasiado delgada e inquieta, se me ven las costillas, me da vergüenza quedarme en bañador. Sueño con el cuerpo redondo de Christine.

Me invita a su casa. Su madre, enfermera, ha dejado en su habitación un manual de educación sexual para niños.

. Las imágenes me fascinan. Sobre todo, el dibujo de la penetración de un pene en una vagina.

Quisiera aferrarme a Christine, a su agradable cuerpo, tomarla de la mano.

Tengo diez años, Bernard Pivot ha invitado a su programa de televisión *Apostrophes* a una joven novelista estadounidense a que acaba de publicar una novela escandalosa. Le pido a mi padre que me la regale, él acepta sin sospechar nada.

Es la historia de una adolescente satánica criada en Hollywood que se bebe la sangre de sus amantes. Releo esa novela una decena de veces. La autora describe un vestido de seda gris muy pálido, drapeado en las caderas, evoca la perversidad sexual de la heroína abandonada por sus padres famosos, una actriz y un director de cine. Tiene un amante, un productor rico y guapo, por supuesto, hacen el amor. La narradora describe posturas, gestos eróticos, él la maniata con unas esposas, le venda los ojos. Yo lo absorbo todo. Mi padre se da cuenta demasiado tarde de que no es una lectura para mi edad.

Madame Allegra, Christine Allegra. Mi profesora de ballet clásico en la Schola Cantorum, el conservatorio de música y baile de la rue Saint-Jacques, no es muy alta y lleva el pelo, de color castaño, muy corto. No estoy enamorada de ella, pero la admiro. Me gustaría que me adoptara.

Entre los siete y los trece años de edad, al principio una vez, luego dos, tres, cuatro y cinco veces a la semana, voy a la clase de ballet de madame Allegra. Es tan atenta conmigo y me anima tanto que no me lo puedo creer.

De niña, tengo un cuerpo, pero lo olvido en la adolescencia. En ballet clásico fuerzo las piernas, los brazos, me estiro, flexiono la cintura, tengo los dedos de los pies ensangrentados por las puntas, intento cada día hacer un espagat, estoy demasiado agarrotada. Por las mañanas, mi madre, la hermosa Hélène, me despierta pellizcándome la espalda, me pregunta si quiero que me dé pellizcos grandes o pequeños. No sabe acariciar ni besar, quiere desesperadamente a sus hijas, pero es incapaz de demostrárselo. La única razón para tener un cuerpo es la resistencia física y la violencia reglamentada del ballet clásico.

Anuncio a mis padres que quiero entrar como *petit rat* en la Ópera. Mi madre no dice nada, pero sí mi padre, que me advierte: si te haces bailarina, es para ser una gran bailarina. Si solo eres una bailarina mediocre, no valdrá la pena. La danza es un gozo: desplegar las manos, lanzar los muslos con los movimientos de la melodía, contonearse con las notas, girar sobre ti misma, mover los tobillos hacia delante y hacia atrás después de un silencio, retomar el ritmo enderezando el cuello, que todo te dé vueltas, demasiada música, demasiados movimientos, pierdes la cabeza, te ríes, ya no sabes distinguir cuál es tu cuerpo, el parquet, el reflejo en el espejo.

Siguiendo los consejos de madame Allegra, voy a la casa de una profesora rusa que oficia en el teatro Châtelet. Tomo sola el autobús número 38, recuerdo como si fuera hoy el pánico que sentía, el nudo en el estómago, la gente empujándome con prisa, no logro perforar el billete, temo que algún revisor me descubra.

La profesora rusa me examina, observa la posición de mis hombros, de mis brazos. Me toca las delgadas piernas, los delgados brazos, me pide un espagat que apenas puedo realizar, se arrodilla para obligar a mis pies a adoptar la posición correcta.

Después se levanta y niega con la cabeza. *Niet.* Yo solo sería una bailarina mediocre. No merece la pena insistir, seguir adelante, relajar las muñecas, el cuello, la cabeza, los tobillos, la espalda, las nalgas, cada dedo de mis manos, dejarme llevar por un sinfín de sensaciones, sentir un poco de dolor y luego olvidarlo, escuchar cada nota, seguir la música, cómo sube, baja, flota, cómo cada movimiento, cada gesto, la acompaña, la sigue, no se sabe quién dirige, ¿la nota, el movimiento, el gesto? Forman a la vez una sola alma.

Me afecta más la decepción de madame Allegra que la mía, y no tardo en dejar de asistir a sus clases. Si no voy a ser una gran bailarina, más me vale dejarlo. Y así fue como en la adolescencia abandoné mi cuerpo.

Quince años después, dentro de la estación de metro de Sèvres-Babylone, veo a madame Allegra enfrente de mí, en el andén opuesto. No le digo todo lo que me ayudó animándome a bailar y lo mucho que la quise.

Estoy obsesionada con el sexo y con el amor. Me pregunto si soy una niña normal.

En un curso de equitación al que asisto, espío a una pareja de monitores. Ella tiene los ojos grandes y de color avellana, él lleva el pelo largo sujeto por una bandana roja alrededor de la frente. Ambos se tumban en el césped cubiertos por una manta de lana y se besan en la boca.

Los miro. Tengo doce años y me pregunto si algún día alguien me besará, me tocará y me amará como a esa chica.

Tengo catorce, quince, dieciséis años, los chicos por fin me miran. Me gusta mucho sentir sus miradas.

Tengo dieciocho años y dos novios a la vez que viven en la misma calle. Uno es serio y formal, el otro no tanto. Me digo que tener dos novios es perfecto y normal, pues mi padre hace lo mismo. Siempre ha tenido dos mujeres, mi madre, y otra más joven con un físico muy parecido al de ella. La experiencia de los dos novios acaba mal, por supuesto. No soy mi padre, y lo único que conservo de esa doble vida de solo tres meses es un sentimiento de vergüenza. Me repito a mí misma una y otra vez: qué vergüenza, qué vergüenza.

Tengo veintitrés años, mi padre se muere y me vuelvo invisible para todos los hombres que no son él.

Tengo treinta años, voy a casarme con un hombre al que he elegido porque, cuando nos conocimos, me dijo: si nos casamos, te prometo que nunca te dejaré, pero seguramente te engañaré. Me pareció muy tranquilizador como propuesta, sería como mi padre, pero nunca me abandonaría como hizo él al morirse. Mi marido sería inmortal.

Dos meses antes de casarnos, conozco a la mujer más inteligente, más hermosa, divertida y refinada de mi vida. Estoy enamorada de ella. Se llama Claire Parnet y tiene quince años más que yo. Una noche sueño con ella. Estoy en sus brazos, lleva un suéter de cachemira gris, puedo oler su colonia con aroma a tilo. Escucho una y otra vez la canción de Serge Reggiani: «La mujer que está en mi cama hace mucho tiempo que no tiene veinte años» y pienso en ella. Mi nuevo marido comprende que estoy enamorada de esa mujer.

En los trabajos de parto de mi primer hijo, mi marido se queda dormido en un banco de la clínica. Llamo a Claire, que acude y se queda conmigo hasta que doy a luz. Es la madrina de mi hijo.

Pasamos las vacaciones juntas.

Le digo que mi madre va a morir. Se queda en silencio.

La hermosa Hélène se muere. Llamo por teléfono a Claire. No me devuelve la llamada. Mi marido sabe que la echo mucho de menos.

Estoy embarazada de nuevo, dejo de dormir en la cama conyugal, mi marido intenta consolarme. Desaparece a menudo y, dado que yo no soy como mi madre, decidimos, lógicamente, divorciarnos diez años después de casarnos.

—¿Y después de eso? —me pregunta Gabriel.

—Una serie de relaciones muy chungas —le contesto.

Me basta un mensaje de aliento, una noche tierna, para creer que he encontrado el amor. Estoy sola tumbada en mi cama, fabulo que acude a estar conmigo, que me toma en sus brazos, que tenemos una conversación que dura toda la noche. Estamos en la isla de Guernsey, por fuerza llueve, nos refugiamos bajo un gran árbol, llevamos gabardinas beis a juego, no tenemos frío, con la imaginación destilo un romance que es pura agua de rosas.

La realidad no existe, desconfío de ella. No me merezco que nadie me quiera «de verdad», soy una chica mala, no soy lo suficientemente digna de ser amada.

Un año antes de reencontrarme con Gabriel ocurre un milagro.

Comprendí que no podía resolverlo todo y tampoco ser responsable de todo. Debía abandonar una lucha cuyo resultado no me llevaba a ningún sitio.

Renuncié a algo y me invadió una enorme sensación de libertad.

Un día en que estaba tumbada en la cama, sentí que la sangre corría de nuevo por mi cuerpo, el muro se derrumbó. No podía creérmelo, podía ser yo misma.

Sí, sin duda era un poco egoísta y un poco ambiciosa, pero ¿acaso no era libre de tener algunos defectos?

De pronto me sentí digna de ser amada.

Tengo cincuenta años, mido un metro y cincuenta y seis y peso cuarenta y seis kilos. Tengo canas y la piel seca, la barbilla empieza a ponérseme fláccida y los ojos a hundírseme en las órbitas, debo recuperar el tiempo, los veintisiete años de invisibilidad. Paso por delante de la terraza de un café, entro en una tienda, hago cola para facturar mi equipaje en el aeropuerto: siento que a todos los hombres, bueno, a todos no, a la mayoría, les soy indiferente, pero me basta con que unos pocos se fijen en mí, de hecho, me basta con uno solo. Los hombres me miran de nuevo: tengo glúteos, muslos, hombros, el porte erguido. Con la yema de los dedos me toco el interior del antebrazo, de la muñeca hasta el codo, es suave.

Un año después me reencontré con Gabriel.

Todos los días saca algo de su mochila de nailon negro:

-Un recipiente de plástico, en el que está escrito mi nombre, lleno de sopa de calabaza cocinada por su madre.

-Otro recipiente de plástico idéntico, envuelto en un papel purpurina rojo, en el que también pone mi nombre, con unas galletas de mantequilla que también ha preparado su madre «especialmente para ti», me aclara.

-Una barra de pan con forma de corazón.

-Una maceta de rosas de color té.

-Una esponja natural en la que se oculta un pequeño jabón con olor a jazmín para lavarse y masajearse a la vez. Hace mucho que el jabón ha desaparecido, pero conservo la esponja para frotarme el cuerpo con ella.

Gabriel me acariciaba las nalgas, deslizaba su dedo por en medio de ellas y me repetía que nunca había deseado tanto a una mujer. Exageraba, pero a mí me encantaba creérmelo. Me toco el vientre, los muslos, los brazos, es el mismo cuerpo que a él le gustaba tocar.

-Una sandwichera envuelta en papel purpurina de color rosa y encintada con un cable eléctrico. Me aclara que es un regalo para mis hijos. Tomo una foto del paquete rosa por temor a que algún día ya solo tenga recuerdos para atesorar.

Mis hijos y yo pasamos varias noches probando todo tipo de sándwiches: con mostaza, pepinillos, jamón de York, jamón saboyano, tomates, tomates cherry, queso reblochon y queso de cabra.

Cuando llega a mi casa, saca todos estos regalos de su mochila de nailon negro con gesto ostentoso, los coloca encima de la mesa de la cocina y después se queda quieto y me mira con una sonrisa mientras abro los paquetes.

Me invita a pasar un fin de semana en un hotel de Roma. Hacemos el amor en la terraza de la habitación, no visitamos ningún museo. Gabriel alquila un escúter rojo, me subo detrás de él y me dejo llevar. Un día, mientras paseamos por un parque, decidimos inventarnos una historia, una historia con la que pasemos mucho miedo.

Una pareja de enamorados va a Roma a pasar el fin de semana. Han dejado a su hija adolescente en París y, cuando vuelven, ha desaparecido. Su desaparición pone al descubierto sus mentiras, sus secretos, todo lo que se han ocultado el uno al otro para poder estar juntos.

La historia me atrapa tanto que me olvido de que estamos en un parque, y también de mi miedo.

Las historias que terminan mal siempre me han asustado, pero ahora, estando con él, ya no me asustan, son solo historias.

Jugamos a que somos una familia.

Él tiene la llave de mi casa, entra y dice: hola, cariño, soy yo, ¿están acostados ya los niños?

Para hacerme reír, une mi nombre de pila a su apellido.

Jugamos al tenis con su hija y mi hijo, compramos unos sándwiches y unos éclairs de chocolate y nos tumbamos en la hierba.

Después de tener una seria conversación con mi hija sobre su boletín de notas, tan irregular, esta me dice: «¿Quieres que te diga una cosa, mamá? Eres mucho mejor madre desde que estás con Gabriel».

Su hija menor me dice: si escribes una canción, podrás formar parte de nuestra familia. Yo escribo una canción y se la envío.

Los domingos almorzamos con su madre. Siento que formo parte de una familia.

Una noche cenamos en la cocina de su casa con su hija. Él se inventa un juego que consiste en tratar de encestar unas botellas de plástico en el cubo de la basura. Es genial.

Un día necesito hacer una copia de la llave de mi casa y le pido que me deje la suya. Me la tiende como si le quemara. Una vez hecha la copia, se niega a que se la devuelva. Dejamos de jugar a que somos una familia.

Escucho *Jailhouse Rock*, de Elvis Presley, su mano me arrastra, me dejo llevar.

Él es tan alto y yo soy tan bajita, pero no tengo que hacer ningún esfuerzo para estar en armonía con él.

No quiero darme cuenta de cómo se encorva y se contorsiona para adaptarse a mí. Lo que es tan fácil para mí, no lo es en absoluto para él. No soy consciente de sus esfuerzos, los disimula con una gran elegancia. Sus gestos son tan flexibles cuando se inclina hacia mí para bailar. Todo lo que hace para bailar conmigo, que soy bajita, nerviosa, torpe, todo lo contrario a él, me resulta invisible. Cuando nada a crol en la piscina y saca el brazo fuera del agua, parece no avanzar, ir muy lento, pero de un solo movimiento cubre una gran distancia. Tiene esa forma tan educada de hacernos creer que todo es fácil, que todo es ligero.

Se marcha de viaje a Montreal con su hija menor. Van a darle una sorpresa a la hija mayor, que vive allí. No sabe que su padre y su hermana están yendo a verla. Él se disfrazará de repartidor, con barba, gorra y gafas, esconderá a su hija menor en una gran caja y llamará a la puerta de su habitación de estudiante. Yo imaginaba maravillada la felicidad por su reencuentro.

Gabriel me envía las imágenes de la entrega del paquete.

Se había escondido el teléfono móvil en el bolsillo y lo había filmado todo.

A pesar de su disfraz, su hija mayor supo enseguida que era él, la pequeña salió de la caja y los tres se abrazaron.

Yo estaba en París, sola, me parecía increíble. Me habría gustado decirles cuánto los admiraba por quererse tanto.

Cuando pienso en los regalos que le hice, me doy cuenta de que eran sobre todo para mí. Estaban ideados para que Gabriel se convirtiera en lo que yo quería que fuera.

-Una camisa blanca de APC para que se parezca a los hombres de nuestro barrio, con su cuidada barba de tres días.

-Un desodorante de Aesop, una marca australiana diseñada para que la persona que se lo ponga sea identificada como perteneciente a la categoría de los yuppies internacionales. Debía sustituir al suyo de Franprix, que tenía un olor un poco soso.

Para agradarme, sale así, con esa camisa y ese perfume, pero no es él.

Cuando volvió de Montreal, Gabriel me envió un mensaje. «Tengo pensamientos oscuros sobre nuestra relación, no tenemos nada en común». Corrí a su casa, me metí en la cama junto a él, tenía el cuerpo frío, se lo calenté. Hasta ahora, había sido todo lo contrario, él era quien me lo calentaba a mí.

Le conté esta historia de Ernst Lubitsch.

—¿Conoces la diferencia entre una comedia sentimental judía y una comedia sentimental cristiana?

—*Nein*.

—En una comedia sentimental cristiana, el enemigo que impide a la pareja estar juntos se encuentra fuera. La separación es física, un océano, por ejemplo, o el muro de una prisión, o bien social: los padres prohíben la unión. Los enamorados tendrán que luchar contra este enemigo, superar pruebas, mostrarse valientes, intrépidos, para volver a encontrarse y amarse. En una comedia sentimental judía, el enemigo es interior. Un caparazón mental, el miedo, los celos y la angustia aprisionan el corazón de la persona que ama y es amada. Los enamorados pueden luchar, combatir, atravesar pruebas para destruir ese caparazón, pero no servirá de nada. El enemigo interior solo puede desaparecer por sí mismo.

Es necesario hablar.

Entonces Gabriel me explicó: no puedo amarte de la misma forma que tu padre, con el mismo amor. Tenía razón, y esa misma noche, veinticinco años y diez meses después de la muerte de mi padre, rompí finalmente con él. Mi padre no era el hombre ideal. Es el regalo más valioso que Gabriel me hizo.

A la mañana siguiente, sacó de su maleta:

-Un par de pendientes de oro imitando unas minúsculas anclas.

Hacen juego con tu impermeable tan pijo, me dice tomándome el pelo cariñosamente.

-Un tarro de miel de Canadá, sal de Salicorne y flores de manzanilla.

Lloré pensando en lo tiernos que habían sido sus regalos y en la noche que acabábamos de pasar.

Le pregunté si sus pensamientos oscuros podían volver.

Sí, me previno, pueden volver, quizá dentro de seis meses, quizá nunca.

Somos tan diferentes.

Intenté tranquilizarme contemplando las pequeñas anclas de oro y el tarro de miel, sus dos regalos tan adherentes. Pero el miedo seguía allí.

Hasta entonces, solo había sido una silueta. Un niño de doce años moreno de pie junto a una piscina. La imagen es un poco borrosa, data de la primavera de 1981. Tengo quince años, él es el hijo de Anna, la nueva amiga de mi madre, una escultora con el pelo castaño largo y espeso. Es muy guapa.

Mi madre y Anna se conocieron en una reunión de padres de alumnos, y ambas se ofrecieron para acompañar a toda la clase a un viaje escolar a Roma. Les explican el programa y las normas, y cuando el profesor anuncia a los padres que compartirán habitación durante la estancia, a Hélène le atenaza la angustia.

¿Cómo compartir habitación con una desconocida? Tendrá que desnudarse delante de esa mujer, ocultarle quién es: una mujer judía que tiene miedo todo el tiempo. Cuando se entere de que Hélène es judía, esa mujer desconocida la juzgará, seguramente, con desconfianza, luego Hélène se verá obligada a mostrarse en ropa interior (les han avisado de que no hay cuarto de baño privado) antes de intentar dormir junto a una probable antisemita. Será mejor renunciar al viaje, ella no pertenece a ese mundo. Se siente invisible y siempre demasiado cerca de la puerta entre las madres de alumnos de ese colegio del distrito VI de París que acoge a hijos de grandes burgueses e intelectuales. Está allí, presa de la angustia, de la que solo será capaz de reírse a posteriori, cuando comprenda su sinsentido. Y luego ve la mirada luminosa de una mujer que le sonríe. Ella le sonríe a su vez y levantan la mano juntas y, aunque no se conozcan ni hayan cruzado una sola palabra en su vida, afirman con el mismo tono de voz que compartirán habitación. Han intuido que tienen mucho en común.

Se llama Anna y, por supuesto, es judía, de padre italiano y madre perteneciente a la alta burguesía israelí francesa. Vivió la guerra en Nueva York, y su nivel de angustia parece ligeramente inferior al de Hélène. Cuando vuelve del viaje, mi madre declara triunfalmente que se ha echado una nueva amiga.

Yo, con la arrogancia de mis quince años, observo a su nueva amiga y la figura de su hijo de doce años, y pienso que por fin es posible ser judío sin miedo, sin exilio, sin destrucción. De la misma manera que me había equivocado respecto al vínculo amoroso tan poco convencional, tan doloroso y profundo, que unía a mis padres, en esto también me equivoco.

En junio, Anna nos invita a pasar un día en el campo. Mi madre y yo, vestidas con ropa de verano, estamos listas para irnos en cuanto llegue mi padre.

Espero que, gracias a Anna, mi madre se libere de él, que lo deje, que conozca a otro hombre, un hombre fiel, y que por fin ella sea feliz. Pero mi madre ama a mi padre y mi padre ama a mi madre, siempre vuelve a ella y ninguno de los dos quiere separarse. Yo tengo quince años, y creo saber mejor que mi madre y mi padre lo que deberían hacer con su amor, sobre todo dejarlo.

Hélène anuncia nuestros planes a su marido, mi padre. Iremos a casa de Anna, su nueva amiga; estupendo, yo os acompaño, dice él, alegre.

Hélène está feliz y yo furiosa. Él siempre lo estropea todo, no la deja vivir, alejarse de él, y ella, como de costumbre, lo tira todo por la borda al aceptarlo.

Debería haberse negado, vivir su nueva vida sin él. Pero no quiere una vida sin él, no le interesa.

Anna y Hélène «se perderán de vista», como se suele decir.

—¿Y qué pasó con el niño de doce años? —me pregunta Gabriel.

—Nos volveremos a encontrar treinta y cinco años después —le contesto.

La primera vez que nos vimos después de tantos años fue un encuentro fallido.

Estamos delante de la puerta de la escuela, pero no por la mañana, cuando los padres y los niños se amontonan y se saludan con prisa, sino después del almuerzo, cuando los padres que no trabajan o trabajan en casa llevan a sus hijos a la escuela a las dos de la tarde después de haber almorzado con ellos.

Es el colegio al que ambos íbamos ya de niños, porque ninguno de los dos nos libramos de los atractivos derroteros de nuestra clase cultural y social.

Él me sonríe y se presenta. No se parece en nada al niño de doce años que era. Hace muchísimo tiempo que no nos hemos visto. Ha oído hablar de mí a su madre, que ha leído uno de mis libros. La banalidad de nuestra conversación podría hacer sonreír a alguien que nos estuviera escuchando. Se casó, tuvo dos hijos, se divorció, vive en el barrio. Le digo a todo que yo también. Me sonríe de nuevo y luego se despide con un «hasta pronto», sin proponerme que quedemos, sin siquiera pedirme el número de teléfono.

Mucho después, ya de novios, cuando nos volvemos a contar nuestras citas pasadas y fallidas, e intentamos suprimir la parte de misterio que lo empaña todo con interpretaciones absurdas del menor signo, del menor silencio, me confía que en aquel momento se dijo: con Colombe la cosa irá en serio, y yo quiero acostarme con muchas chicas, así que no voy a ligar con ella. Era tan simple como eso, en aquel momento acababa de divorciarse y quería acostarse con un montón de mujeres.

En esos largos años, oscilo entre la certeza de ser irresistible para todos los hombres y la de ser invisible para todos los hombres amables. Su indiferencia me confirma este último punto. Después, en un arranque de confianza en mi carácter irresistible, pienso que 1, es tímido; 2, que yo lo intimido; 3, que al compartir el colegio, el barrio y el medio, forzosamente nos volveremos a encontrar.

Pero no es así.

En mis relaciones de ese año, y, por otra parte, en todas mis relaciones amorosas desde la muerte de mi padre, hace veinticinco años, soy esa chica que se acuerda de cuánto la adoraba su padre, y no puede por menos de creer que ese amor incondicional está ahí, en algún lugar, en el corazón de cada uno de los hombres que se acercan a ella. Esa chica sufre cada vez un desengaño.

Bato el récord de la chica más dejada del mundo, de Francia, de París, de mi barrio.

Algunos más tímidos se acercan, podrían amarme con todo su ser, fielmente, pero yo huyo. Insisten, pero es imposible, un muro me separa del amor.

Este es mi análisis psicológico de pacotilla.

Mientras tanto vivimos a trescientos metros el uno del otro, nuestros hijos van al mismo colegio, el de nuestra infancia, tenemos amigos en común y nunca nos cruzamos.

Dos años después de este encuentro fallido delante del colegio de primaria de los niños, en casi una aceleración de nuestra historia, nos encontramos delante de una sala de cine.

La productora de un documental que estoy dirigiendo me ha invitado a una proyección de trabajo de una película cuya música ha compuesto él con su trío.

Nos saludamos. Estoy con un amigo. Intento una nueva técnica de acercamiento. La aplicación del principio del deseo triangular —me deseará, pues soy deseada por otro— podría dar un resultado interesante. Me pego a mi amigo como si fuera mi novio. Saludo a Gabriel, que apenas me saluda, y voy a sentarme en otra fila, al lado del «amigo que cumple el papel de novio». No recuerdo cómo se llamaba aquel «novio», pero sí mi despecho.

Estoy segura de que esta vez debo parecerle demasiado vieja, demasiado fea, es demasiado estupendo para mí.

Tres años después, abrazado a mí, me contará que todavía puede verme bajando las escaleras del cine, impresionado y decepcionado de que fuera acompañada, y que no dejó de mirarme mientras me sentaba al lado de mi amigo.

Ese fracaso me dio la oportunidad de seguir acumulando relaciones chungas.

Mis amigos, preocupados por mis intentos de batir el récord de la chica más dejada del mundo, trataban de aconsejarme para que mejorara mi marcador en el otro sentido.

Tienes que hacerte desear, tienes que ser caprichosa, tienes que desaparecer, tienes que ser misteriosa, tienes que callarte, tienes que darle celos, no tienes que llamarle por teléfono, tienes que esperar veinticuatro horas antes de responder a un mensaje. Pero hasta la muerte de mi padre, yo había sido la adolescente y luego la joven más mimada, caprichosa, despreocupada e infiel del mundo; había agotado mis derechos, tenía que estar disponible, ser obediente, convincente, fiel, paciente y amable, y dar pruebas de ello.

A veces interpretaba el papel que mis amigos me aconsejaban y no abría la boca, pero era agotador. Durante tres años estuve enamorada de un hombre que me amaba solo porque yo sabía evitarlo. Me tomaba mi tiempo, fingía indiferencia, era una actriz casi talentosa. Ay, cuánto lo sentía, se me había olvidado, había estado muy ocupada. Entonces él acudía rápidamente, tenía miedo. Estaba muy enamorado. Me cantaba canciones de amor en italiano, me llamaba a todas horas, me pedía que sacara el tiempo para verlo, tengo miedo, me confesaba. Yo tenía tanto miedo como él, pero jamás se lo habría dicho.

Un día cometí el error de confesarle que lo amaba, y que, como él también me amaba, podríamos ser felices y libres juntos. Me respondió que eso no le interesaba. Más tarde me lo confesó. Hago todo lo posible para que las personas dependan de mí, y, cuando eso por fin sucede, me aburren. En ese momento, hago todo lo posible para deshacerme de ellas. Eso fue lo que le acabó pasando conmigo. Hubo otros hombres. Pero no me fue mejor.

El hombre de Tinder posa con una copa de champán o con una lata de cerveza delante de su coche rojo, lleva gafas de sol, exhibe una parte de su cuerpo, torso, vientre, hombros, nalgas.

Se le ve en la playa, en la montaña, en un sofá de cuero, delante de un escritorio, delante de su bonito camión, mira de frente, de lado, baja la mirada, se hace con su teléfono una foto delante de un espejo, con sus hijos, su mujer, su perro, su gato. Se llama Karim, Laurent, Jean-Pierre, Cédric, Giovanni, cita a Lao Tse (a menudo), se ordena a sí mismo *Carpe diem!* (muy a menudo), o «¡Vive la Vida!», o «¡La Vida es Bella!», «¡Sé Feliz!», con muchos signos de exclamación, mide un metro ochenta y cinco (pide que le disculpen por mencionar este detalle, pero le han dicho que es importante), dice ser generoso, atento, deportista, divorciado, padre de familia, casado, trabaja en el Ministerio del Interior, en el sector educativo, informático, social y comercial.

Son miles y buscan el amor. Los hay poéticos, aburridos, simpáticos, juran que van a la ópera en Bayreuth. Están en Tinder.

Nos miramos a la cara. Siempre es una decepción. Sé de antemano que no va a funcionar, pero de todas formas acudo a la cita. Nada más vernos por primera vez, espero haberme equivocado. Me he maquillado y vestido con esmero, valía la pena, ¿lo ves?, siempre piensas que no hay nada que hacer, y no querías venir, pero estabas equivocada.

Pienso en la protagonista de *El cuaderno dorado*, de Doris Lessing, esa mujer soltera que no puede evitar ver en cualquier hombre un poco seductor que se dirija a ella al hombre de su vida. Tiene un corte en la barbilla, ha debido de afeitarse a toda prisa antes de nuestra cita, huele a una loción acre para después del afeitado, está dispuesto a enamorarse en un segundo, todo lo que dice de sí mismo es falso. Me voy a casa sintiéndome pegajosa, sus mentiras me han asqueado.

Tiene los ojos ocultos por unas gafas de sol. Nos miramos, ¿quizá sea el adecuado? Habla de él, lo escucho. Intento imaginarnos juntos. A veces me hace una pregunta y yo respondo. Me gustaría mostrarme tal como soy, que me quisiera con mis defectos, un poco egoísta, un poco desenfadada, demasiado apresurada, ambiciosa, preocupada y cansada. Me quita la palabra, y luego le oigo hablar de su ex: es una perra; o de su novia actual: una relación sin importancia. Y, de repente, reparo en la manera en que no mira al camarero que toma nuestra comanda, en el áspero acrílico de su bufanda beis, en sus minúsculos alardes profesionales, sociales y económicos: yo cierro acuerdos, es tan fácil como una partida de ajedrez, conozco a fulano y mengano, voy de vacaciones a Saint-Barth, a Courchevel, al palacio Duchmol, en Venecia, ¿has estado alguna vez?

Estoy en Viena, ciudad inmóvil, pasando unos días. En los cafés sirven el caldo con *knedlers* de mi abuela. En el Pabellón de la Secesión, me detengo ante la *Oda a la alegría*, de Gustav Klimt. Un hombre inmenso cubre el cuerpo de una mujer. Miro al hombre desnudo, sus anchos hombros, las piernas musculosas, la espalda maciza, los brazos delgados de la mujer alrededor de su cuello. Este cuadro forma parte del *Friso de Beethoven*, pintado en honor del músico y de una de sus obras, *El himno a la alegría*. Tiene como subtítulo «El beso al mundo entero». Un halo dorado envuelve a un hombre inmenso y a una mujer diminuta, sus cuerpos están fusionados entre sí, sus rostros ocultos bajo sus brazos, sus pies enlazados por unas redes azules. Se hallan protegidos por una cúpula que los rodea. A su alrededor, unos hombres y unas mujeres con la cara blanca y los ojos cerrados respetan su intimidad, están solos en el mundo, y me digo que el amor, que yo no conozco, pues solo he amado a intelectuales neuróticos y enclenques, debe de parecerse a eso, a un hombre inmenso con los hombros anchos y una mujer minúscula envueltos en un halo dorado.

El catálogo del museo recoge la historia del friso: «Un coleccionista lo adquirió, lo separó de la pared en siete piezas y se lo llevó en 1903. En 1973, la República de Austria compró la valiosa obra, la restauró y la hizo accesible al público en 1986».

Es un buen resumen de la amnesia austriaca sobre su pasado nazi. Después de haber sido expuesto en 1903, la obra fue comprada por un mecenas de Klimt, Carl Reininghaus, que la vendió a otro patrocinador del pintor llamado Lederer. En 1938, los nazis robaron el cuadro a su viuda, Serena Lederer, que era judía. Después de la guerra, la obra fue devuelta al hijo de Serena Lederer, con la condición de que no saliera de Austria. Finalmente, Erich Lederer, que residía fuera del país, decidió vender esta obra al Estado austriaco en 1973.

Seis meses después de regresar de Viena, conocí a Gabriel, y comprendí que el hombre inmenso de la *Oda a la alegría* era él.

Por la noche, se desnudaba muy rápidamente, dejando tirados en el suelo de la habitación los calzoncillos y los calcetines todavía unidos a sus vaqueros, y me esperaba desnudo en la cama. Yo hacía lo mismo para acurrucarme lo más rápidamente posible junto a él. Siempre con el pretexto de que tenía un poco de frío y de que su cuerpo me daba calor.

Estábamos fundidos en el halo dorado de Klimt.

En el suelo de la habitación de Gabriel hay una alfombra sintética de carnero roja y brillante rescatada de un trastero. Los grandes pelos de poliéster amortiguan el sonido de sus pasos para los vecinos del piso de abajo, me resulta muy agradable apoyar en ella los pies descalzos.

En mi casa, en mi habitación, el suelo de parquet está cubierto con un kilim de colores mezclados, rosa viejo, almendra, marrón tirando a gris y azul desvaído. Lo elegí con un gran cuidado. Raspa los pies y no es lo bastante grueso para sofocar el sonido de mis pasos.

Es un hombre sin decorado, para él lo más importante es el amor, su gran cama sobre esa alfombra de poliéster rojo brillante, su piel tibia contra la mía, la manera suave y firme de rodearme con sus brazos, de tal modo que puedo soltarme de ellos sin esfuerzo, lo que me hace sentirme libre y a la vez arropada.

Es la relación más feliz que he tenido en toda mi vida, nueve meses de un amor que empezó hace treinta y cinco años. Es un amor tan patente, tan familiar, que, a pesar de no estar juntos desde hace mucho, de que me haya escrito y repetido una y otra vez que nuestro amor no tiene sentido, es como si todavía estuviera en esa habitación roja, envuelta en esos brazos cuyo grosor, densidad y color de piel puedo describir muy bien, lo mismo que puedo sentir la facilidad y el abandono de sus movimientos.

Puedo enumerar las pruebas de ese amor, los recuerdos, las fotos, los viajes, las flores, las declaraciones, sabiendo que no tienen ninguna importancia. La única verdad es la de nuestros cuerpos abrazándose y estrujándose entre sí en un murmullo de palabras sin sentido. El amor es una verdad desnuda. No tiene ninguna preocupación material, ninguna belleza decorativa.

Solo se experimenta y se vive en unos brazos desnudos.

Gabriel compone para mí una última canción titulada *Mano a mano* que dice: «Mi Colombe se cae de las nubes medio desnuda». Y eso fue exactamente lo que pasó.

En una noche de canícula me dijo que nuestro amor no tenía sentido, que nunca podríamos construir nada juntos. Provenimos de dos planetas diferentes, me repitió. Me tumbé desnuda en el suelo de baldosas de la cocina y esperé a que el dolor pasara.

La canción que había escrito para mí tres semanas antes terminaba así: «Aunque no lo parezca, te estrecho entre mis brazos», y, a veces, todavía hoy, me aferro a esas palabras.

Seis meses antes de nuestro encuentro, yo había escrito una novela. Un hombre abandonaba a la mujer que amaba y se escondía en su bolso. La seguía a todas partes sin que ella lo supiera.

Si me dejó, fue culpa mía. Yo lo había predicho. La próxima vez tendré cuidado, escribiré una novela de amor que termine bien.

Hacía dos meses que nos habíamos separado. Quedamos a cenar en el restaurante italiano al que solíamos ir cuando estábamos juntos. Compartimos el mismo postre, un sabayón espumoso que, al servirlo el camarero, se desbordó del plato. La primera vez que cenamos aquí, yo me había pintado los ojos, me dijo que estaba muy guapa, me sorprendió que lo pensara. Me hizo una foto con su teléfono, pero no salió bien.

Esta vez me maquillé de la misma manera, me vaporicé el pelo con el perfume que a él le gustaba y me preparé un pequeño discurso sobre el amor.

Me repitió lo que ya me había dicho y le respondí lo que ya le había respondido.

—Nuestra pareja no tiene ningún futuro. Somos demasiado diferentes.

—Precisamente eso es lo bueno.

En ese momento, un hombre se acercó a nuestra mesa para recordarme que habíamos estado juntos en el colegio, me tomó la mano y me la acarició con un gesto de gran intimidad.

—Todos los hombres están enamorados de ti.

—¿Estás celoso?

—No, al contrario, ya es hora de que conozcas a otra persona.

—No quiero. Quizá tú sí, quizá necesites vivir una relación pasional. Eso es lo que echabas de menos conmigo.

—No necesito vivir una relación pasional, estaba loco de amor por ti. ¿Recuerdas cuando escalé la verja de tu edificio para reunirme contigo de madrugada?

Claro que lo recuerdo. No se sabía el código para abrir la puerta y no se atrevió a despertarme para preguntármelo, así que trepó por los dos metros de verja con picas de metal que protege la entrada de la calle, y se desgarró la chaqueta con una de las picas, que estuvo a punto de empalarlo.

Seis meses antes, me amaba con locura, pero ahora ese amor había desaparecido.

¿Dónde estaba? ¿Qué había sido de ese amor que le hacía trepar por la verja de mi edificio por la noche?

«El amor no es un lingote de oro, nace, vive, cambia o muere», me respondió él. «Pero, a diferencia de nosotros, puede reencarnarse».

Al día siguiente de la cena, volví a ver *La mujer de al lado*, de François Truffaut.

La narradora de la película es una mujer de unos cincuenta años, madame Jouve, que cuenta la relación pasional entre Bernard, interpretado por Gérard Depardieu, y Mathilde, interpretada por Fanny Ardant. Cuando se vuelven a encontrar diez años después de que su relación haya terminado, Bernard está felizmente casado con una luminosa joven llamada Arlette con la que ha tenido un hijo que es todavía un niño. Cuando se dan cuenta de que alguien se está mudando a la casa de al lado, se disgustan, porque ya no podrán hacer el amor en el jardín. La nueva vecina resulta ser Mathilde, la mujer a la que Bernard amó hace diez años. Se ha casado con un hombre mucho mayor que ella. Gracias a él, se recuperó de los años de depresión que siguieron a la ruptura con Bernard.

Mathilde quiere volver a ver a Bernard. Él hace todo lo posible por evitarla, pero al final se encuentran casualmente y se besan.

Su amor nunca será feliz. Bernard está dispuesto a dejarlo todo por ella. Él sigue amándola. Ella lo acusa de ser violento y errático. Se separan, pero su separación, como su amor, es imposible. Él se vuelve agresivo. Ella es hospitalizada por una depresión. «Ni contigo ni sin ti», repite Mathilde.

La narradora de esta historia, madame Jouve, cuenta que ella también quiso suicidarse veinte años antes por un hombre que la había dejado. Se tiró desde un cuarto piso, un techo de cristal atenuó su caída, y se quedó coja. El hombre al que tanto quiso le envía un telegrama, desea verla de nuevo, ella prefiere huir. No quiere que la vea envejecida y doliente. «Ni contigo ni sin ti», repite madame Jouve.

Mientras Mathilde está hospitalizada, Bernard intenta reanudar su vida feliz. Su esposa está embarazada. Madame Jouve anima a Bernard a ir a visitar a Mathilde, que se muere por verlo.

Él acepta.

Harán el amor, Mathilde lo matará y luego se suicidará. Encuentran sus cuerpos abrazados.

Después de ver de nuevo esa película, que tanto me había gustado de adolescente, estaba furiosa con el personaje interpretado por Fanny Ardant, con su forma de destruir al hombre que ama, y con madame Jouve, que se niega a ver al hombre al que en tiempos amó, y conduce a Bernard a la destrucción y la muerte. Más tarde me enteré de que la joven actriz que interpretaba el papel de Arlette, la esposa de Bernard, murió dos años después del rodaje, quemada viva con su marido en un accidente de coche a la entrada del túnel de Saint-Germain-en-Laye. Se llamaba Michèle Baumgartner y tenía treinta y un años.

Odio el «ni contigo ni sin ti», odio los amores que no son felices, odio a madame Jouve.

Yo estaba en el paraíso y lo sabía. Me miraba a mí misma, nos miraba a los dos, a Gabriel y a mí, y no tenía ninguna duda, aquello era el paraíso.

Le pregunté si estaba de acuerdo.

«Sí», dijo él, y como le gustaban las ciencias, precisó: «Nos encontramos en un estado de completitud».

Muy al principio, le pregunté qué tipo de actividades podríamos hacer juntos. «Somos tan diferentes», me respondió. «Podríamos ir a Franprix juntos». Vivíamos tan cerca el uno del otro que comprábamos en el mismo supermercado.

Íbamos a Franprix, pero casi siempre él me proponía que nos encontráramos el sábado por la mañana en el mercado de Port-Royal, donde mi madre solía hacer la compra, y que siempre me había parecido un reflejo de ella, inhóspito y triste.

Elegimos unos mangos enormes, unos pollos dorados, lechugas pálidas y crujientes, canónigos, naranjas que luego él exprime para sus hijas y para mí, es día festivo y el mercado del boulevard de Port-Royal es un lugar mágico. Me tiene en palmitas, se adelanta a mis menores deseos. «¿Y tú?, ¿tú qué quieres?», le pregunto. Él no quiere nada.

Todo le parece bien.

No quiere poseer nada, pero, si insisto, me dice que un piano de cola y una habitación donde poder tocar por las noches sin molestar a nadie, en una casa completamente aislada. No tengo nada que objetar, me encantaría ir con él.

No podemos ser más opuestos. Mi teléfono no para de sonar, amigos, cenas, fiestas, copas, almuerzos, historias, recuerdos, pasados comunes. Él me había prevenido: «Estoy libre todas las noches, nadie me ha invitado a cenar desde hace dos años». Eso me viene bien. Como lo acepta todo, le fuerzo a acompañarme a cenar a casa de mis amigos, se aburre.

Me propone observar cómo son esas reuniones. «Escucha cómo cada uno habla de sí mismo y lo poco que le interesan los demás, mira lo nerviosos que se ponen, cómo quieren destacar, cómo necesitan que los tranquilicen, cómo se interrumpen unos a otros todo el tiempo».

Me mantengo en un segundo plano y escucho. Tiene razón.

Solo quiero estar con él, a su lado nunca me aburro, nunca sé adónde me va a llevar con sus argumentos, con sus ideas.

Sin embargo, quiero presumir de él, no puedo evitarlo: mirad, es un dios de la danza, está por encima de todos vosotros, es magnífico, he estado esperándolo toda mi vida, admiradlo. Lo fuerzo, es tan fácil con él, nunca dice que no.

Está molesto, esa vida no le va, no quiere tener que volver nunca más allí. No duerme bien, una mañana de principios de verano se despierta muy temprano, ya no sonríe, se marcha a su casa.

Tres días después, viene a cenar a la mía. Hace mucho calor. «Con amarnos no es suficiente», me dice. «No podemos construir nada juntos, lo nuestro no tiene sentido. Nos pisamos, cruzamos nuestros ejes, la relación nos despierta, agudiza nuestra agudeza, es interesante, pero nunca podremos construir nada juntos».

Me tumbo desnuda en el suelo de la cocina con el cuerpo en cruz, suplico a un dios en el que no creo que no sea verdad, que la relación no se acabe, que no volvamos cada uno a nuestra vida de antes.

«Antes de ti», me había confiado él, «estaba un poco deprimido, me había resignado a vivir sin amor». «Yo también estaba un poco deprimida», le había contestado yo, «me había resignado a vivir sin amor».

Es tan alto, y yo soy tan bajita, él posee tres vaqueros, cinco camisetas, dos jerséis negros, una chaqueta y un abrigo, y yo poseo treinta pares de zapatos de tacón, sandalias, botas, botines, docenas de vestidos y docenas de suéteres. Sin embargo, cuando estamos abrazados el uno al otro, nuestras piernas se entrelazan y nos besamos, nos hacemos uno.

Era el paraíso y lo hemos perdido.

Desde entonces, ya no me atrevo a ir al mercado de Port-Royal. Además, han abierto un Carrefour City debajo de su casa.

Me regaló unos de esos cascos para oír música que te protegen del ruido exterior al mismo tiempo. Me había preguntado qué quería por mi cumpleaños. Le dije que me gustaban los aretes. No encontró ningunos lo bastante bonitos. Había pensado que unos buenos cascos para escuchar música también tenían algo que ver con las orejas.

Aquellos cascos me permitieron conocer una parte de mí, la escucha, que él había intuido muy bien que yo necesitaba cultivar. Yo siempre había escuchado mucha música, pero con unos auriculares de teléfono o altavoces mediocres.

Unos años antes, yo le había hecho esta pregunta a una famosa novelista: «¿Preferiría usted vivir una historia de amor feliz y escribir un mal libro o vivir una historia de amor infeliz y escribir un buen libro?». Me respondió sin dudarlo: «Preferiría vivir una historia infeliz y escribir un buen libro». Yo prefiero claramente la primera opción: que él vuelva y que el libro fracase.

Él compuso, interpretó y cantó para mí dos canciones que celebraban lo que estábamos viviendo juntos. ¿Fracasaron porque él cantaba un amor feliz?

¿Para cantar un amor feliz no hace falta tener talento? ¿Cuánto sufrimiento se necesita para escribir cualquier canción?, ¿cuánta tristeza para pagar un escalofrío?, ¿cuántos sollozos se necesitan para componer una melodía de guitarra? No hay ningún amor que sea feliz.

Tres días después de nuestra ruptura, me puse los cascos para oír a Marissa Nadler cantando una versión de *Famous Blue Raincoat*, de Leonard Cohen. Su voz está a punto de desgarrarse, de romperse, y, sin embargo, ella se halla presente. Canta el dolor de Leonard Cohen: «And you treated my woman to a flake of your life». El hombre del abrigo azul le robó a su esposa y luego la abandonó.

Y ahora echa de menos a ese hombre que era su amigo, está dispuesto a perdonarlo. Escucho otra canción de Marissa Nadler titulada *We Are Coming Back*. Su voz es más suave, no se arriesga. Admiro su belleza, es cautivadora, casi fascinante. Es una canción feliz, su voz es menos vibrante.

Me había convencido de que lo que había sucedido antes de nuestro encuentro, todos los obstáculos, sufrimientos, alegrías, lecciones, rupturas, exaltación, liberación, me había conducido inexorablemente a ese lugar en el que estábamos juntos. Estábamos destinados el uno al otro.

Nuestra ruptura destrozó mi ingenuidad de creer que nuestras vidas tienen un sentido, que una especie de construcción lógica me había llevado hasta él y a él hasta mí.

La vida no es una historia, no tiene sentido, no es más que una sucesión de casualidades, de mala suerte y de oportunidades.

Yo, la chica que quería controlarlo todo, que tenía tanto miedo a todo lo que no se doblegaba a su voluntad, ahora ya no controlaba nada, estaba aturdida, era incapaz de comprender el sentido de nuestra ruptura, ¿acaso lo tenía?

Ya no sabía qué hacer, así que me fui a nadar. Era lo único que me ofrecía una sucesión de acciones lógicas: encontrar un bañador, un gorro, unas gafas, una toalla, meterlo todo en una bolsa, agarrar la bicicleta, pedalear, encontrar una cabina libre, desvestirme, ponerme el bañador, ponerme el gorro y las gafas, que el agua no me entre por ellas, deslizarme por el agua y hacer una serie de treinta largos, no pensar, refugiarme en la evidencia de la repetición.

Tengo una misión que cumplir, un kilómetro.

Al principio, estoy furiosa en el agua, nado lo más rápido que puedo, me quedo sin aliento, tengo que detenerme, he olvidado lo que Gabriel me enseñó.

Me concentro en mis movimientos, saco un brazo sin esfuerzo fuera del agua, la mano extendida se sumerge y arrastra el agua bajo el cuerpo, sin separarse, tomo una bocanada de aire, la cabeza inclinada hacia un lado aún medio hundida, la boca medio abierta, para que el agua no me entre en ella, expulso el aire debajo del agua, retengo solo un poco, me estiro bajo la superficie del agua, marco ese momento con un batido más fuerte de piernas. Diez largos de crol, cuando antes hacía como mucho uno.

Me siento eufórica mientras el agua tibia me acaricia los brazos, el vientre, los muslos; me deslizo por el agua, estoy con él, en su mundo.

A menudo sueño con él.

Caminamos por la montaña, Gabriel me deja delante de una enorme pared de hielo, no me atrevo a avanzar sin él. La nieve se está acumulando.

Cuando me despierto, el colchón está tibio. No he tenido que enfrentarme sola a ninguna avalancha. Lo llamo por teléfono, le cuento mi sueño. «¿Ves?», me dice, «Estamos separados, pero eso no nos impide amarnos».

Nos encontramos en la misma habitación. Él quiere a otra mujer.

«Esta vez la querrás siempre», le digo. «Si no funcionó contigo, no funcionará con nadie más», me contesta. «Te equivocas», insisto, pero espero que sea cierto.

Tengo los ojos cerrados, docenas de brazos me abrazan, entre todos ellos, reconozco los suyos.

Viene a buscarme. Se inclina, es muy alto y yo soy muy bajita, y me besa, su lengua en mi boca, el lugar que ocupaba tan fácilmente cuando estábamos juntos. Estamos pegados el uno al otro y somos uno de nuevo.

Caminamos uno al lado del otro, como seguimos haciendo a veces ahora que estamos separados. Me detengo para comprobar que se siente bien conmigo, él se detiene a su vez, me hace un gesto para que me acerque a él y me abraza.

Nos volvemos a ver y hacemos el amor.

A la mañana siguiente, cuando me despierto, ha desaparecido.

Llevamos cuatro meses separados, estoy sola en un café, en la mesa de al lado hay una pareja. Aparentan tener cerca de ochenta años y deben de llevar toda la vida juntos, ella se acuerda de un piso en el que vivieron en 1991. Habla muy alto de su cansancio, de su cáncer, está aún más cansada que cuando recibía quimioterapia, le reprocha a él que no se haya acordado de comprarle unas pilas para la radio que escucha cada mañana mientras se baña. Él se levanta de pronto y va a buscárselas al Franprix de al lado, que está todavía abierto. Son las ocho de la tarde. Ella le dice que es una tontería, que solo tiene que ser menos distraído. Él se ha ido, ella habla sola en voz alta: «Será idiota», «Será idiota», repite varias veces. Tiene el pelo muy corto, blanco, la cara bonita, elegante, los ojos vivos. Él ya está de vuelta. Es un tipo alto y sonriente, con chaqueta y corbata, y pelo en la parte superior del cráneo. Ella no le da las gracias por las pilas, se limita a reprocharle una vez más su despiste. Y luego pasan a hablar de otra cosa. Ella le recuerda que, cuando estaba en la Asamblea, él solía cruzarse con una periodista famosa.

—Solo la vi una vez delante de la farmacia —la tranquiliza él.

—Pero ¡si te llamó por teléfono para entrevistarte!

—Ah, tienes razón, no me acordaba.

—Menos mal que estoy yo —añade ella.

Los dejo, retomo mi lectura.

Vuelvo a oírla hablar en un tono muy alto, le grita de nuevo, esta vez no sé el motivo de su irritación:

—Eres insoportable, eres realmente aburrido, te enfadas por nada, cállate, eres desesperante.

Él intenta justificarse:

—No es verdad, yo sigo siendo muy simpático. —Y trata de reírse de su broma. No sirve de nada, porque ella continúa.

Al final él se da la vuelta para no oírla más. El camarero les lleva las consumiciones.

Él vuelve a situarse enfrente de ella. Guardan silencio mientras se toman el café.

Estoy triste por él. En otra mesa, un hombre espera, ha pedido dos consumiciones. Cuando su compañera llega, se sienta sin saludarlo.

Gabriel es la bondad personificada, no podría enumerar las muchas atenciones que tuvo conmigo durante los nueve meses que estuvimos juntos. No podía creérmelo, intentaba seguir su ejemplo, pero no siempre lo conseguía, me olvidaba de él, no le pedía su opinión antes de tomar una decisión que nos concernía a los dos, iba demasiado rápido, él me reprendía con suavidad. Yo sabía que estaba decepcionado. «No sé si alguna vez estaré a tu altura», le decía. Él me respondía riendo: «Vamos, coge un taburete».

Cuando estábamos juntos, me llamaba «mi amor», «amor de mi vida», *«Schnecken»*, «corazón», «libro mío», «Colombe* mía»; siempre se adelantaba a abrirme la puerta, cargaba con mi bolso demasiado pesado, le parecía guapa y encantadora a la vez, trepaba por la verja de mi edificio para reunirse conmigo al amanecer, me regalaba una sandwichera para mis hijos y, gracias a él, ganaba cien puntos, se estremecía cuando le besaba y componía canciones solo para mí. Y, sin embargo, yo sabía que el amor feliz no podía durar. Había leído sollozando de miedo el relato de Joyce Maynard sobre el trágico final de su matrimonio. Estábamos juntos y yo ya estaba llorando por nuestra futura separación.

Joyce Maynard cuenta cómo, a los cincuenta y ocho años, después de veinte años de soledad, de viajes en solitario, de amores decepcionantes, conoció a Jim por internet.

* «Paloma» en español. *(N. de la T.).*

Una noche, en una habitación de hotel en Budapest, después de una comida de diez platos, hicieron el amor. Jim, que hablaba poco y tomaba muchas fotos, fotografió ese momento, había un espejo encima de la cama. Dos personas ya no tan jóvenes, que habían comido demasiado y estaban felices. A menudo pienso en esta foto que nunca vi.

Una noche de diciembre en que estábamos abrazados después de haber hecho el amor, le dije a Gabriel que nunca había sido tan feliz. Él me contestó: «Habría que fotografiar este momento». Y seguidamente añadió: «Bueno, no vale la pena, lo recordaremos siempre».

Joyce Maynard y Jim son tan diferentes como Gabriel y yo, ella va muy rápido, él es muy paciente, ella acostumbra a hacer todo lo que quiere sin contar con nadie, él la estorba, ella sale a menudo de viaje, ella es feliz por escapar y después por volver.

Su amor es rutinario, cenan fuera o en casa, se pasean en bicicleta, ven a sus hijos ya adultos. Su relación no es fácil, pero lo aceptan.

Después, su amor se estanca un poco. Son felices, como todas las parejas del mundo. Es agradable, pero un poco aburrido. Lo suyo ya no es una relación de amor.

Una mañana, la orina de Jim es naranja y, por la tarde, el futuro que soñaban compartir juntos ya no existe. Jim tiene cáncer de páncreas. Joyce Maynard escribe que, a través de esa enfermedad, aprendió lo que era amar. Ya no hay compromisos ni negociaciones sobre los deseos, los gustos y las costumbres de cada uno, lo compartirán todo durante los dos años que les quedan de vivir juntos y amarse. «Nuestro corazón es uno», escribe ella. Cuando Jim muere, ella encuentra un cuadernito en el que él registraba cada día que no habían compartido porque ella estaba fuera.

Durante sus tres años de convivencia, anotó ciento dieciocho días sin ella.

A veces, cuando voy en bicicleta, pienso que me gustaría tener un terrible accidente, caer en coma, que Gabriel viniera a rescatarme, que volviéramos a estar juntos para vivir por fin con un solo corazón.

Cuando él me repetía que soñaba con vivir en armonía, era porque yo no había comprendido que, cuando hay amor, los corazones y los cuerpos se hacen uno. Cuando ese milagro ocurre, ya no hay suspense, deseos, combates, ya no hay historia. Un amor feliz es un día a día compartido, vaciar juntos una lavadora, ir a comprar a Franprix, tirarse pedos en la cama, mirarse sin decir nada. Sobre un amor feliz no se escribe.

Llevamos cinco meses separados. Nos encontramos por casualidad en la piscina municipal de nuestro barrio: llegué a la ducha colectiva y obligatoria, y allí estaba él, bajo el agua. Ya había nadado, yo todavía no. Nos saludamos rápidamente.

Al día siguiente volví a la piscina y, mientras nadaba a crol, lo vi poniéndose el gorro y las gafas.

Revisa mi crol, me dice que sigo teniendo un problema a la hora de soltar el codo y el antebrazo. Vuelvo a nadar, está atento.

—El codo está mejor —me dice—, pero tu mano se ralentiza cuando está lejos y, cada vez que está lista para sumergirse, levanta los dedos y, en el último momento, retrocede.

Los movimientos del cuerpo poseen una espiritualidad, basta observar un gesto para saber qué afecto traduce. Yo soy así: me agito con furia, lucho y, en el último momento, refreno ese impulso, mi propia ambición me avergüenza.

—La mano debe entrar en el agua directamente, sin límite —me hace ver Gabriel. Y añade—: ¿Qué tal? ¿Te parece que soy demasiado crítico contigo?

Me río y, señalándole la ducha, me voy.

Cuando salgo de la cabina, vestida y descalza, me lo encuentro en el mismo estado que yo.

Fuera, compartimos un bocadillo de jamón de pie, hace frío, no tiene tiempo de sentarse. Los dos conservamos nuestros cascos de bicicleta y nuestros chalecos amarillos. Tiene prisa por irse, vuelvo a decirle que no quiero que seamos amigos.

Él sonríe con indulgencia y me dice:

—Sabemos que ayer éramos amantes y que hoy somos amigos. En cuanto a mañana, no sabemos nada.

A continuación, examina las luces de mi nueva bicicleta: se sujetan con elásticos y se recargan como un teléfono. Tengo la impresión de que busca una excusa para prolongar este momento juntos, debo de estar equivocada.

Una semana después, lo llamo por teléfono. Sé que nunca hay que llamar a un hombre que te ha dejado. Mis amigos me lo dicen una y otra vez: «Nunca debes llamar a un hombre que te ha dejado». Hablamos durante dos horas. Quiere decirme que ha estado pensando en algo, pero en lugar de eso me dice: «Pienso en ti todo el tiempo». Cuando lo reprendo por ese lapsus, lo niega: «Yo nunca he dicho eso».

Llevamos seis meses separados, esta noche viene a cenar a mi casa. Le estoy preparando unos espaguetis con almejas, porque me ha dicho que uno de sus mejores recuerdos conmigo está relacionado con ese plato que una vez compartimos. Yo volvía de un funeral, él iba a ver a su hija jugar un partido de voleibol. Improvisé la receta, añadí tomates, cebollas y albahaca. Le pregunté por qué me quería, y él me contestó: «Porque me pareces muy guapa, incluso encantadora, porque me gusta tener sexo contigo, porque me preparas unas cosas muy buenas para comer». Era muy sencillo.

Esta vez, me he esmerado, he encontrado, leído y respetado una receta seria, sin tomate ni cebolla. Medio diente de ajo en aceite de oliva, una pizca de pimentón y medio vaso de vino blanco.

Lo estoy esperando. No sé qué va a pasar. No sé si va a aparecer, ni a qué hora, si va a sacar unas flores de su mochila, si va a decir: «Soy yo», como cuando tenía la llave y volvía a casa sin llamar, no sé si vamos a hacer el amor, si va a besarme en la mejilla cuando llegue como hacía antes. Me sobresaltaba siempre, porque no podía acostumbrarme. Seguía teniendo miedo.

La última vez que cenamos juntos en esta cocina, hacía mucho calor, y yo tampoco sabía lo que iba a pasar, pensaba que lo nuestro era para siempre, y de pronto me dijo que nuestra relación no tenía sentido.

Eso fue hace seis meses.

No se ha cambiado de ropa: lleva una camiseta azul con la que ha estado trabajando durante todo el día y luego ha cruzado la ciudad en bicicleta. Tiene el pelo muy alborotado. Es muy guapo. Me ha traído una postal de un barco de vela.

Me pregunta sobre los hombres que me rodean, sobre los que coquetean conmigo, sobre los que me gustan. No quiero decirle nada, luego termino hablándole de un violinista. Pone cara de asco haciendo como que toca un violín.

Delante de nuestros espaguetis con almejas, termino por confesarle que no puedo evitar ver señales cuando nos encontramos en la piscina. Todavía nos queremos.

Él no está de acuerdo.

—Estás imaginando unos lazos que ya no existen.

—Y añade—: Toda esperanza es inútil en lo que a nosotros se refiere. ¿Qué obtienes persiguiendo esas quimeras?

Me enojo y le digo con acritud:

—Lárgate, no quiero volver a saber nada de ti.

Y bajo la cabeza para no ver cómo se va.

El amor es una tierra de salvajes.

Un mes después, me invitan a un encuentro en la Fnac de nuestro barrio.

Está allí, oculto en una esquina. Se va antes del final.

¿Lo habré confundido con otro?

No puedo evitar recordar los momentos que pasamos juntos como una serie cuyos episodios escribiría a medida que fueran ocurriendo. Me gustaría que nuestra historia fuera una mitología novelesca y poder modificarla según la versión que yo eligiera, ignorando lo que no transcurra en el sentido deseado, mintiendo por omisión sobre detalles patéticos referentes a mí, dándonos unos papeles que no siempre interpretamos. Olvido que somos dos, y que él ya no está aquí.

La cruda realidad es que no hay ninguna explicación.

Sin embargo, si he escrito este texto ha sido para encontrar una conclusión aceptable, para consolarme de algo que ya solo existe en mis sueños.

Desde que nos separamos, hace un año, voy a nadar tres veces por semana.

Para no encontrármelo, he cambiado de piscina. He probado las piscinas de todos los barrios de París, y luego de Nantes, Le Havre, Burdeos, Marsella y Rennes.

Podría elaborar un catálogo.

Las hay de los años treinta, con altos y estropeados ventanales, de los años ochenta, con redondeces de bañera, o del siglo XXI, tipo cruceros que te transportan lejos. En las de cincuenta metros es como si estuvieras en el mar, en las de menos de veinticinco te sientes como dentro de una caja. Las hay con vestuario individual, un lujo, donde puedes dejar tus pertenencias, o con vestuario colectivo, con bolsas de plástico en perchas para guardar la ropa; en invierno todo se arruga.

Las duchas comunes: donde los nadadores se espían mientras el agua caliente cae sobre sus cuerpos.

La temperatura del agua: a veintisiete grados resulta necesario hacer dos largos para que te parezca buena;

a veintiocho grados, unas pocas brazadas son suficientes para sentirte bien.

Tomo clases. Me encanta. Fanny y Aurélie me enseñan a extenderme, a reducir aún más los movimientos innecesarios, para no malgastar la energía.

Sumerjo la mano torciéndola ligeramente para que hienda el agua, es un apoyo para flotar mejor y dejarme llevar por el impulso.

La saco del agua y la extiendo sin esfuerzo, muy lejos, deslizo el brazo y lo traigo hacia mí, con vigor, me deslizo dando una ligera patada. Treinta largos. Casi se puede decir que es fácil.

Cuando no estoy en el agua, el aire, su acidez en invierno y su languidez en verano, todo hace que me acuerde del año pasado, cuando estábamos juntos.

En el crol, el hombro avanza con el brazo extendido lo más posible, la mano relajada, el principio es no hacer ningún esfuerzo innecesario. Cuando el brazo está en el aire, no te ayuda a avanzar, está en reposo, recuperándose, listo para moverse cuando esté debajo del agua, para propulsar el cuerpo. Aprendo a abandonarme.

Un día voy más lejos.

En un momento dado, con un ligero empuje de las piernas, sentí que mi cuerpo se liberaba, otro empuje y luego
otro, espiraba dentro del agua de forma rítmica, apenas,
sin necesidad de volver a tomar aire, era anfibia. Sumergí
las manos en el agua cuatro, cinco, seis, siete, ocho, nueve veces, el rostro vuelto hacia el fondo azul de la piscina, no necesitaba sacarlo para tomar aire, nada me man-
tenía en tierra firme. Habitaba mi cuerpo por completo,
sin que nada me pesara, experimentaba una libertad
nueva, la libertad del cuerpo, un deleite, una sensualidad
de la que yo era la única responsable, lo único que necesitaba era una corriente de agua que alcanzara la temperatura de mi piel, que se hiciera una con ella y me trans-
portara, ingrávida, en un mundo sin limitaciones.

Cuando hablaba de Gabriel, de mis expectativas con
respecto a. él, mis amigos me aconsejaban amablemente:
«Deja que las cosas sigan su curso». Era cuando estaba
de moda el *let it go*, y yo era incapaz de ello, la vida es
una lucha. Pero allí, en aquella ternura líquida, me bas-
taba con un ligero movimiento de los muslos, un brazo
lanzado sin esfuerzo en el aire, para alcanzar la otra orilla, para dejarme llevar en sus infinitas aguas.

Por fin puedo sentir que mi miedo ha desaparecido.

Ya no me da miedo que Gabriel se muera (puesto que está vivo), que se ponga enfermo (puesto que está sano), que me deje (puesto que ya me ha dejado), que ya no me quiera (puesto que ya no me quiere); ya no me da miedo no volver a enamorarme nunca más (porque antes de amarlo, no sabía que iba a amarlo a él), ya no me da miedo que mis hijos desaparezcan, ya no me da miedo que la gente piense que no sirvo para nada, ya no me da miedo que me consideren una inepta, o poco simpática, ya no me da miedo tener un tumor en el cerebro, ya no me da miedo perder el tren, ya no me da miedo conocer el futuro, ya no me da miedo no llegar a él, pues ya estoy en él.

Ya no me da miedo que el amor del otro desaparezca, ya que desaparece siempre.

Nadar me enseña a vivir en la incertidumbre.

Y así, el amor ha vuelto.

Índice

Algunos títulos imprescindibles de Lumen de los últimos años

La tierra más salvaje | Lauren Groff

Los secretos de Oxford | Dorothy L. Sayers

Narrativa completa | Dorothy Parker

Cuentos completos | Flannery O'Connor

Cuentos completos | Katherine Anne Porter

Cuentos reunidos | Cynthia Ozick

Todo queda en casa | Alice Munro

El enigma Paco de Lucía | César Suárez

El arte de leer | W. H. Auden

El Club del Crimen | C. A. Larmer

Las brujas del monte Verità | Paula Klein

Simone de Beauvoir. Lo quiero todo de la vida | Julia Korbik
  y Julia Bernhard

Días de fantasmas | Jeanette Winterson

Vladimir | Leticia Martin

¿Y si fuera feria cada día? | Ana Iris Simón y Coco Dávez

Memorias | Arthur Koestler

El amor en Francia | J. M. G. Le Clézio

Donde vuela el camaleón | Ida Vitale

Mafalda para niñas y niños | Quino

Summa de Maqroll el Gaviero. Poesía reunida (1947-2003) | Álvaro
  Mutis

Las desheredadas | Ángeles Caso

La promesa | Silvina Ocampo

Autobiografía de Irene | Silvina Ocampo

La librería y la diosa | Paula Vázquez

La resta | Alia Trabucco Zerán

El libro de arena | Jorge Luis Borges

Las dos amigas (un recitativo) | Toni Morrison

Un crimen con clase | Julia Seales

Elizabeth y su jardín alemán | Elizabeth von Arnim

La vida de Maria Callas | Alfonso Signorini

Las desheredadas | Ángeles Caso

Sevillana | Charo Lagares

El nombre de la rosa. La novela gráfica | Umberto Eco y Milo Manara

Confesiones de un joven novelista | Umberto Eco

Apocalípticos e integrados | Umberto Eco

Cuentos completos | Jorge Luis Borges

El libro de los niños | A. S. Byatt

Hopper | Mark Strand

Cómo domesticar a un humano | Babas y Laura Agustí

Annie John | Jamaica Kincaid

La hija | Pauline Delabroy-Allard

El juego favorito | Leonard Cohen

La isla del doctor Schubert | Karina Sainz Borgo

¿De quién es esta historia? | Rebecca Solnit

Quino inédito | Quino

Simplemente Quino | Quino

Bien, gracias. ¿Y usted? | Quino

¡Cuánta bondad! | Quino

La Malnacida | Beatrice Salvioni

Un ballet de leprosos | Leonard Cohen

Libro del anhelo | Leonard Cohen

Dibujo, luego pienso | Javirroyo

Una mañana perdida | Gabriela Adameşteanu

Este libro
terminó de imprimirse
en Barcelona
en enero de 2024